천년의 시인선 159

사는 거, 그깟

이호준
시집

사는 거, 그깟

이호준
시집

도서
출판 **북인**

불빛에 이끌려 내려온 눈이, 벽난로가 있는 창보다 쪽방촌 희미한 창을 먼저 찾아가는 까닭을, 망초꽃이 높은 대문 집 정원이 아닌 폐차장 귀퉁이에 피는 까닭을 듣기 위해 또 6년을 떠돌았다.

2024년 1월
이호준

차례

4부

1부

모처럼 집에 돌아와

떠돌이 매지구름 내려 미루나무에 널어놓고
누진 바람 뒤란 감나무에 널어놓고
빗물 젖은 마당 빨랫줄에 널어놓고
덩굴장미 빨간 운동화 돌담에 널어놓고
햇강아지 옹알이 풀밭에 널어놓고
참새 날갯짓 장독대 가는 징검돌에 널어놓고
펄럭이는 마음 남쪽 창에 널어놓고

햇살 품은 것들에게는 엄마 냄새가 나지

모로 누운 등걸잠 속에 유년의 뜰 널어놓고

식탁에 내리는 비

종일 비만 바라본 날은 밥그릇에도 빗방울 돋는다
식탁이 허전해서 비구름 불렀다
앞 의자에 앉히고 수저 쥐어준다
모처럼 큰맘 먹고 부친 달걀말이도 한 접시 담아놓고
아끼던 광천김도 한 봉지 뜯는다
구름도 지치고 배고팠던지 묵묵히 밥을 먹는다

부르지 않은 새 한 마리 쭈뼛쭈뼛 들어선다
아침부터 처마 밑에서 비긋던 새다
영혼은 새장 안에 두고 몸만 탈출한 듯
빗줄기 뚫고 날아갈 용기조차 없는 눈빛 흐린 새
머리를 날갯죽지에 묻어도 떨렸을 테다
수저 내주고 내 앞에 있던 것들을 밀어놓는다
빗소리가 식탁의 말을 지운다 말이 없어서

조금 전 끊은 전화의 끝자락이 귓바퀴를 맴돈다
그녀 목소리는 긴 가뭄에 시달리고 있었다
나는 왜 이렇게밖에 못 살까요?
애당초 그렇게 타고난 걸 어쩌겠니?
그래서 억울하단 거예요 왜 이렇게 태어났느냐고요

세상엔 노력으로 바꿀 수 없는 게 더 많더라
대화는 궤도가 어긋난 행성처럼 비껴갔다

빈 마당 쓰레질하던 바람이 잠잠하다
이런 날은 옆집 황씨라고 적적하지 않을 리 없어서
바람 불러 앉혀 고봉밥 먹이고 있겠다
어둠 내리면 비는 하늘이 아니라 가슴에서 싹 터
쓸쓸한 식탁마다 적시게 마련
수저 내려놓은 비구름이 새의 어깨 한번 툭 치더니
슬며시 문 열고 나선다 빗소리 거세진다

백열등이 있던 방

세상이 환할수록 캄캄해지는 방

문을 여는 순간
한 시절 기대 살던 삼십 촉 백열등이
그리워졌다

까만 스위치를 돌리면
숨죽인 비명 비어져 나오고
벌거벗은 빛이 왈칵 흘러
방바닥 적시던,

초저녁 겉잠에 들었다가
느닷없이 쏟아진 빛에 놀란 어둠이
바퀴벌레 따라 부리나케
몸을 숨기던,

내가 지상에서 누릴 수 있는
단 하나의 온기로
새벽의 얼음 잠 눅이던,

아침마다 눈 비비며 지켜봐도
버스정류장으로 가는
문 어느덧 지워지던…

누구에게나 가장 도망치고 싶던 날이
그리워지는 순간이 온다, 고
애써 어둠을 밀치며 중얼거렸다

오래 전에 떠난 백열등이
환하게 걸어 나오며
기울어진 어깨라도 두드려줄 것 같은

초겨울 저녁의 캄캄한 방

뻔뻔한 유랑

풋햇살 영그는 오후 포플러 성긴 그늘에 앉아
흐려진 손금 뒤적거려 길 찾는 것
낮잠 든 구름의 주머니 속에 손 슬쩍 넣어
젖은 시 한 편 훔쳐내 읽는 것
는개 푸른 저녁 낮은 처마 밑에 서서
올 리 없는 사람 목 빠지게 기다리는 것
오래전 헤어진 그녀 집 찾아가서
어제 보고 또 보는 듯 밥 한 끼 청하는 것
혼자된 지 오래인 그녀의
자고 가라는 인사에 손사래치면서도 못 이기는 척
신발끈 다시 푸는 것
택배 기다린다는 핑계로 낯선 마을 노인회관서
며칠씩 묵어가는 것
배낭에 차곡차곡 개어 둔 만담 한 자락 꺼내
현대슈퍼 막걸리값 치르는 것
강가 호박돌 당겨 베고 모래밭에 누워
물안개에 눈썹 적시며 천 년 전 이별 듣는 것
목 간질이는 바람의 짓궂은 손 밀어내며
하하 큰 소리로 웃는 것
바람이 집으로 간 뒤에도 뒹굴뒹굴 웃는 것

떠돌이의 생일

길가 편의점 문을 민다
사리곰탕 큰사발면 포장을 벗긴다
스프를 털어 넣고
뜨거운 물을 붓는다
천천히 전화 버튼을 누른다
숨을 크게 몰아쉰다

어머니! 걱정하지 마세요
오늘 아침도 고깃국 먹고 있는 걸요

목소리에 짐짓 윤기를 칠하며
후루룩 국물부터 마신다

카리브횟집의 저녁

화장실 다녀오다 주방에 눈이 간 순간이었다
살을 몽땅 떠내서 얼레빗 같은 뼈와
대가리만 남은 물고기가 눈을 껌벅거렸다
오!
딱 한 번 감았다 떴다
물고기는 눈꺼풀이 없는데 어떻게 눈을 감았지?
궁금할 새도 없이 분명 보았다
다짜고짜 칼부터 들이대는 세상이라도
눈에 담아가고 싶다는 듯
눈을 감아야 보고 싶은 걸 볼 수 있다는 듯
주방 한 번 둘러보더니 다른 횟감처럼
대가리부터 잘렸으면 어쩔 뻔했느냐는 듯
뻐끔 웃음까지 지었다
살과 뼈 대가리가 멀쩡한 물고기들이
소주잔 속을 자맥질하며 죽겠느니 살겠느니
아우성치는 카리브횟집의 여덟 시 무렵
눈꺼풀 가진 것들은 눈 감는 법을 잊은 뒤였다

시詩

와글거리는 말[言]보따리 툭, 내려놓으면

어느새 만리산 향적사香積寺 요사채 툇마루

뒤따라온 고요가 팔베개하고 곁에 눕는다

나는 날마다 유언을 쓴다

새벽부터 유언을 썼다

그림자보다 먼저 집 나서서 들길을 한참 걸었고
오는 길에 편의점 들러 우유와 맥주를 샀다
집에 와서 조금 오래 씻은 뒤
얇게 썬 늙은 오이 살짝 절여 초장에 무치고
어제 얻어온 배추 넣어 된장국 끓였다
아침 먹은 뒤 볶은 원두 곱게 갈아 밀봉해두었다

오늘도 유언이 꽤 길 것 같다

내가 페루 해변으로 간 새*처럼 못 돌아오면
흐트러진 이불은 악몽에 몸부림친 새벽을 증언하겠지
흙 묻은 신발은 갈림길 앞의 망설임을 전하고
젖은 수건은 만조滿潮의 절망을 열변하겠다

냉장고를 열면 온갖 유언으로 어지럽겠지
남은 우유는 숲으로 망명하고 싶었던 속내를 떠들고
맥주캔은 오지 않은 시를 투덜대겠다
배추된장국은 내 아이들을 사랑했다고 자백하고

노각무침은 어머니를 그리워했다고 토설할 테지

조금 많이 갈아놓은 헤이즐넛 커피는
끝내 향기롭고 싶었던 욕망을 차마 감추지 못하고
읽다가 귀접어 둔 시집 82쪽은
늦은 밤 꾹꾹 눌러 삼키던 눈물을 털어놓겠지

나는 날마다 감동적인 유언 한 줄 쓰기를 꿈꾸지만
문장은 갈수록 창호지 문처럼 축축해지고
지난 유언장 뒤져 함부로 뱉은 다짐 지우고 싶고

* 로맹 가리, 『새들은 페루에 가서 죽다』 인용.

쿠바에서 꾸는 꿈

그리운 내 나라로 일찍 돌아가기는 글렀다
쿠바에서의 나날이 정신없이 바쁘다
이 나라 유력 인사들은 내 동선을 실시간으로 파악한다
첫날은 호세 마르티 형님이 불러 로파 비에하를 샀췄다
그는 존경받는 시인이자 독립운동가다
한때 그와 나 네로 보들레르 등이 자주 어울렸다
그와 함께하는 술자리는 즐거웠다
어깨 걸고 관타나메라를 일곱 번이나 불렀다

둘째 날은 체 게바라 형과 피카디요를 먹었다
게바라 형은 투사답게 무서운 데가 있다
비 내리던 어느 날 참교육을 받은 뒤 트라우마가 생겼다
껍데기만 요란한 네 나라는 아직 멀었다고,
민초의 세상은 아득하다고, 자꾸 면박을 줬다
형도 참! 나보고 어쩌라고
하지만 형이 얼마나 날 사랑하는지 안다
화성이나 목성에서 혁명할 때는 꼭 같이 가잔다

피델 카스트로 형도 잠깐 만났다
저승에 전입한 지 오래되지 않아서 이것저것 바쁠 텐데

뭘 나까지 만나느냐고 사양했지만
(이 형하고는 여전히 데면데면하다)
널 어떻게 그냥 보내느냐는 말에 마음이 약해졌다
역시 영혼 없이 안부나 묻다 헤어졌다
라울 카스트로도 얼굴 보자고 전화했지만 거절했다
보잖고 너도나도 만나다 보면 하세월이다

그쯤 끝났으면 좋으련만 헤밍웨이 형이 마음에 걸렸다
우울증을 백 년째 앓고 있는 형은 곧잘 삐친다
1954년 노벨문학상을 받았을 때는
축하연에 안 갔다고 3년이나 연락을 끊었다
내 전화를 얼마나 반가워하는지
엘 플로리디타에서 다이키리를 마시다가 단숨에 달려왔다
요란한 인사 끝에 포옹을 풀 새도 없이
킬리만자로로 표범 사냥을 가자고 손을 끌었다

과거를 사는 친구가 많다 보니 골치 아프다
낯선 나라에서 혁명을 꿈꾸는 건 더욱 고단한 일이다
나는 언제나 이 꿈에서 깨어 돌아갈 수 있을까

열일곱, 서울역에 잠들다

새벽 네 시 사십 분, 앳된 얼굴 하나
서울역 대합실 긴 의자에 엎드려 잠들었다
안테나 같은 엉덩이 허공에 걸쳐놓고
청진기 같은 무릎 바닥에 기대어놓고
먼 길 지고 온 잠은 무덤 속처럼 고요하다
나무의자를 중간중간 갈라놓은 쇠붙이가
등뼈의 접근을 거부한다
맨발 뒤꿈치에 걸어온 지도가 어지럽다
끈 떨어진 슬리퍼는 저만치 달아나 외면하고 있다
얼마나 떠다니다 이곳까지 흘러와
배낭 하나 못 가진 생 부려놓았을까
허리 구부려 거짓말 같은 잠에 귀기울이면
여전히 고르게 떨리는 등판
이불 한 장 덮지 못하는 잠에도 단꿈은 깃들어
오래 전 묻어둔 시간 꽃으로 피는지
얼굴 가뭇한 엄마의 뒷모습이라도 보았는지
어깨 혼자 빙긋 웃는다

유전遺傳

그날 아침 새들은 침묵했고 산마루를 넘어온 해는 감자 싹처럼 자라는 안개를 지신지신 밀어냈다 들에서 돌아온 아버지는 삽을 든 채 당신이 심은 자목련 사이로 걸어갔다 봄이 깊어도 완고하던 봉오리는 밭은기침 소리에 맞춰 문을 열었다 아버지는 오래 전에 예약한 손님처럼 꽃 속으로 걸어 들어갔다 늙은 팽나무 같았던 당신의 등이 사관생도처럼 꼿꼿했다 아버지를 삼킨 꽃은 이내 문을 닫고 견고한 표정을 지었다 아버지는 돌아오지 않았다 자목련은 해마다 봉오리를 맺었지만 꽃잎을 열지 않았다

나는 아버지처럼 살고 싶지 않았다 어느 날 자목련 나무들을 떠나 세상의 변방을 떠돌았다 어느 해는 아버지보다 나이가 많아졌고 어느덧 밭은기침에 능숙해졌다 먼 길 다녀온 연어 떼를 따라 자목련 숲으로 돌아왔지만 내 밭은기침으로는 꽃의 문을 열 수 없었다 주름의 깊이만큼 시름이 깊어졌다 올해도 4월이 오고 자목련 봉오리 봄풀처럼 부풀었다 아비가 풍기는 술냄새를 끔찍하게 싫어하던 자식들이 술집을 순례하는 동안 아비처럼 살고 싶지 않은 아들이 자목련 앞을 서성이며 밭은기침을 파종한다

군부대가 있던 자리

군부대가 떠나간 산자락에 젖은 바람 분다
이쪽도 저쪽도 지킬 일 없는 담장과
습관처럼 서성이는 노을
안식의 문 열던 풀잎이 바람의 손길에 소스라친다

새벽까지 내린 비가 남겨놓고 간 웅덩이
뻘건 황토물 속으로 산 하나 통째로 삼킨 뒤에도
어린 새 노리는 산왕거미처럼 도사리고 있다

멧비둘기 목쉬게 이름 부르다 간 자리
뻐꾸기 운다
뻐꾸기도 떠난 뒤에는 전봇대 변압기가 운다
지잉지잉 흐느끼다 뭐라고 웅얼거린다

새가 우는 건 머물고 싶어서고
변압기가 우는 까닭은 떠나고 싶어서다
언젠가 만날 수 있는 것들은 들어달라는 듯 울고
버려진 것들은 소리 죽여 운다

부대매운탕집 노파가 기르던 털 빠진 개

군화 한 짝 물고 웅덩이 속 제 얼굴에 안부 묻는,
군부대가 있던 자리의 저녁 무렵

남편 새끼, 나쁜 새끼
— 민박집 남자로 살아가기

혼자 찾아와 숙박하겠다는 여자는 불안하다

언제 무슨 일이 일어날지 모르니
우물가에서 노는 아이 보듯 살펴야 한다
두 번째 인생쯤 사는 얼굴로 술 한잔하자고 청하면
마누라 금가락지 훔쳐 노름방 다녀온 사내처럼
엉거주춤 앉을 수밖에 없다

서너 잔 마신 술을 못 이겨 남편 새끼, 나쁜 새끼
험한 말이라도 나오면 그때부터 안심이다
그런 여자에게는 욕설도 희망이라 사고를 치지 않는다
당신 같은 사람과 하루만 살면 원이 없겠다고
눈 반짝이면 튈 준비를 해야 한다

그런 밤에는 술을 아무리 마셔도 취하지 않아서
속죄하는 마음으로 내내 뒤척인다
눈 어두운 여자 또 하나 속였기 때문이다

나는 세상에서 가장 죄 많은 가장
떠돌다 떠돌다 세상의 끝에 틀어박힌 남자

내 아내도 지금쯤 어느 술집 불빛 흐린 구석에 앉아
남편 새끼, 나쁜 새끼 되뇔지 모르는데
나는 여기서 저무는 생 술잔에 구겨넣고 있다

새를 묻다

강가를 걷다 땅에 누운 새 한 마리 보았다
누구를 찾아가던 길이었을까
아찔했을 추락의 기억은 지워졌지만
날개에는 방향과 속도가 작전지도처럼 선명했다
말할 수 없는 것들이 남긴 말은
말보다 눈물에 가깝다
신은 여전히 자신을 절대 공정이라고 믿는 걸까
새에게 떠 안긴 주검 어디에도
생을 거둔 이유 같은 건 적혀 있지 않아서
21그램이 빠져나간 뒤의 고요만 완고했다
강물이 보이는 언덕에 새를 묻었다
존재와 부재는 한번의 삽질로 경계를 지웠다
봉분 대신 흰제비꽃 한 송이 심고
다시 오라고 축원했다 신의 속내를 눈치챈 새는
다시는 슬프지 않을 것 같았다
기도를 버린 자만 진정한 자유를 얻는 법
새를 묻는 건 나를 묻는 일과 다르지 않아서
새로 생긴 무덤 앞을 오래 서성거렸다

큰기러기 가족이 떠나던 날

툰드라에서 번식한 큰기러기는 9월 하순부터 한강 하구에 도착한다 그들이 오면 심학산 참나무 숲이 물들기 시작한다 첨병이 보이면 농부들은 추수를 서두른다 겨울 동안 빈 논을 임대하기 위해서다 큰기러기는 금슬이 좋아서 한번 짝을 맺으면 다른 새에게 눈길을 주지 않는다 대개 낟알을 먹지만 수컷은 겨울 강물에 몸을 던지기도 한다 결빙을 막으려 물의 속살을 움켜쥐고 뼈 저미는 추위를 뒤져 가족의 먹이를 찾는다 겨울을 나고 얼었던 하늘길이 풀리면 고향으로 가는데 몇몇 가족은 산수유꽃이 필 때까지도 남아 있다 발목을 묶이기라도 한 듯 한 철 보낸 자리를 맴돈다 논갈이를 앞둔 농부들은 애태우며 기다린다 올해도 떠나지 못하는 일가족이 있었다 누군가 들짐승에게 날개를 물렸거나 병이 난 것이다 그들은 핏줄에게 변고가 생기면 먼저 떠나지 않고 끝까지 기다린다 첫 진달래꽃이 피던 날 마지막 큰기러기 가족이 날아올랐다 논바닥 그득 고였던 울음도 따라갔다 그날은 사람의 아들이 아버지를 죽였다는 뉴스로 나라가 시끄러웠다 늘 그렇듯 돈 때문이었다 순록과 누운 향나무가 자라는 큰기러기의 고향에도 사이다에 농약 타서 마시는 농부가 살까 궁금했다

불면

1

오늘 밤에도
잠 쪼아먹는 새 한 마리
머리맡에
앉아 지저귄다
도리 도리 도리 도리

2

외나무다리 건너던
백만스물한 번째 어린 양이
삐끗, 발을 헛디뎠다
젠장! 처음부터 다시

3

바람은 풍경風磬을 떠밀고
놀란 풍경은
살얼음 같은 잠을 떠밀고
집 나간 잠은 바람을 떠밀고
바람은 풍경을 떠밀고

4
새벽 세 시 이십칠 분
전화기 저쪽에서 빈 술병 하나
무덤 속처럼 울었다
창백한 새벽달이
장지문 밖을 기웃거렸다

5
그래도 참 다행이다
누가 통째로 퍼간 잠의 빈 독에
그리운 이름들
가득 채울 수 있으니

피싱 문자

내가 그때, 잃어버린 마음 찾겠다고 떠돌 때
북극 가까운 어느 작은 도시에
카드 한 장 건네주며 남겨두고 온 나는
여전히 이곳저곳 유랑하는 모양이다

늦은 설거지하다 문자 한 통 받았다
알프스 어디쯤에서 69만5,000원이나 긁었단다
헤어질 땐 소심하기 짝이 없더니
긴 여행이 간을 많이 키운 게 틀림없다

설거지 마치고 모처럼 내게 편지를 쓴다

먼 나라를 떠도는 또 하나의 나여
오늘은 어디서 한 끼를 구하고 있는지
환절기라 옷이라도 한 벌 사 입었는지
(그래도 69만5,000원은 너무했다)

훈자 마을의 사과꽃 소식은 아직 멀었지?
우유니 사막의 소금은 여전히 밤마다 잘 자라고?
그랜드 바자르의 알리 씨는 잘 있나 몰라

이곳의 나날은 여전히 박제 중이라네
피싱 문자라도 안 오면 무료해 죽었을 거야
끝내 여행자로 살아 있게 먼 곳의 나여

당신을 보내고 난 뒤

적멸보궁을 들이든 명부전을 짓든
짓는 것도 나고 허무는 것도 나 아니더냐

아침엔 뜨락을 거닐다가
함박꽃 눈물 한 가마 받아 종일 졸았다

봄은 뻐꾸기 진양조장단 따라 느리게 가고
돌아올 사람 없는 오후는 길다

저물녘 기어이 사립문 밀고 나서
치자꽃 향기 바람에 날리는 길을 서성였다

속으로라도 그립다는 말은 하지 않았다

2부

목이 긴 새들의 겨울나기

시린 발 적신 채 몇 시간째 눈싸움 중이다
울음조차 여윈 다리뼈에 여몄다
물속에 뉘어놓은 그림자도 숨죽인다
갈수록 목이 길어지는 까닭은
빈속에 기다림만 연거푸 삼키기 때문
두 발로 서는 것도 죄스럽다는 듯
때때로 한 발 들고 흔들리는 몸 추스른다
순식간에 뾰족한 부리 쏘아 물의 속살을 찢는다
아 무 것 도 없 다
배고픈 자의 한 끼는 대개 가까이서 멀어
빤히 보이는 먹이도 한사코 내뺀다
이럴 때 날개는 거추장스러운 무게일 뿐
누군가는 오늘도 빈손으로 돌아와
어깨 옹송그리고 동네 언저리 맴돈다
가난에게는 안부를 묻지 않는 법
어둠은 기다리는 날 유난히 늦게 도착한다

재개발구역

빈 발자국마다 잿빛 적요 웅크리고 있다
담장에 '철거'라는 글씨가 선명하다
숨 가쁘게 오르던 골목이 돌축 앞에서 멈춰선다
그 너머 새 아파트들이 고사리처럼 자란다

꽃잎 타고 북어처럼 물기 없는 시간이 날린다

담 없는 집 빨랫줄에 맨발 몇 켤레 걸려 있다
쫓기듯 떠난 가족이 두고 간 것들이다
살바람에 베인 발들이 앞뒤 없이 흔들린다

색깔을 잃은 지 오랜 발들은
주인들이 걸었던 길만 문신처럼 뚜렷하다
어느 발은 남도의 황토를 머금었고
어느 발은 서해 갯벌을 품고 있다
어느 발에선 밀밭을 건너온 들큼한 바람이 불고
어느 발은 공사장의 추락을 품었다
놀이공원이나 박물관 미술관은 없다

이 집 살던 아이는 고향보다 두고 간 발이 더 그립겠다

붉은 해가 하루를 개어 지고 산을 넘는 시간
발들이 하나둘 어스름 속으로 걸어간다
코미디프로 재방송을 놓친 TV 등 보이고 누운 골목
납덩이 같은 발소리 계단을 오른다

인력시장의 아침

타오르던 화톳불이 사월 때까지
저를 부르는 사람은 없었어요

아버지

그곳에는 전화기 없어요?
이렇게 추운 날은 목소리라도 들려주세요
꿈에만 슬쩍 다녀가지 말고요

병색 짙은 사내 곱은 손 불며
보낼 곳 없는 문자에 매달려 있다

나무 주막

나무가 부지런히 허공에 길을 닦는 건
세상 등지고 떠나려는 게 아니다
집 없는 새들 부르려는 것이다
삭풍 사나운 길목에 주막집 지어
저물녘 쉴 곳 못 찾아 배회하는 새들 앉혀놓고
뜨끈한 국밥 한 그릇 먹이려는 것이다
봉놋방에 군불 지펴
고단한 날개 뉘여 가게 하려는 것이다

나무가 겨울에도 잠들지 않는 까닭은…

어느 성탄 전야

전화기 이쪽, 뼈까지 시린 남자가
전화기 저쪽에서 눈처럼 어둠 적시는 여자에게
집을 팔자고 말한다
30년 일해서 유일하게 남은 재산이라고
너와 내가 이생에 세운 단 하나의 깃발이라고
집이란 말도 못 꺼내게 하던 남자가
집을 팔아치우자고 사랑 고백하듯 속삭인다
살얼음 위를 뒤꿈치 들고 걷는 것도 못할 짓이라고
쫓겨서 가지 말고 웃으며 떠나자고
눈송이처럼 가벼워진 목소리로 말한다
여기저기 빚을 끄고도 얼마간은 남지 않겠느냐고
좀 멀리 가면 몸 뉠 곳 하나 못 구하겠느냐고
아이들에게도 조금씩 떼어주자고
빈손으로 시작해 팔 집이라도 남겼으니 다행 아니냐고
어깨라도 두드려줄 듯 나직나직 말한다
곤궁도 살아 있으니 겪는 것,
개똥밭에 굴러도 이승이 좋다지 않더냐고
아끼던 농담까지 늘어놓는다
하루 두 끼 굶어도 빚 같은 거 절대 지지 말자고
남은 날들 못 만난 듯 지우다 가자고

더는 가난 때문에 가난하게 울지 말자고
오늘 아침 새로 돋아난 섬이라도 발견한 어부처럼
너덜거리는 가슴 성글게 기우며 웃는다

별들도 일찌감치 아랫목 파고드는 성탄 전야였다

노숙인의 봄

밤이 깊으면 이곳 지하도는 인적이 끊긴다
키 작은 사내 공중전화와 싸우고 있다
카드도 동전도 없이 쉬지 않고 버튼을 두드린다
칭얼거리며 등에 매달린 하루의 공복

봄이 온 지 오랜데 겨울을 벗지 못한 사내
누구에게 무슨 말을 하고 싶은 걸까
지상의 불 꺼진 창마다 두드려 깨우고 싶은 걸까
이번 생에서 꺼내달라고 신호를 보내는 걸까

대답 없는 통화가 한없이 이어진다
아무리 외쳐도 귀 가진 것들은 멀리 있게 마련
수화기마저 놓으면 숨이 멎을 것 같은지
다시 아무 숫자나 서둘러 두드리는 손가락

올해도 꽃 피었다고
별 기대 안 했는데 너 떠난 산골에도 꽃이 핀다고
고향에 떼놓고 온 봄소식 듣고 싶어
돌덩이 같은 밤을 전화기에 매달고 있는

1월이면

저 골짜기, 돌아서 또 골짜기
피 뜨거워 추운 짐승들
햇솜 넉넉히 둔
누비옷 한 벌씩 입히고 싶다
시린 손으로 아침 맞이한 모든 당신
따뜻한 차 한잔 건네고 싶다

개미들의 버섯 농사

아마존 개미들은 버섯 농사를 짓는다지

온 가족이 나뭇잎을 물어 나른다지
푸른 잎을 깃발처럼 세우고 가는 끝없는 행렬
쌓인 잎들이 썩고 버섯이 자라면
늙은 부모 봉양하고 어린것들 먹인다지

기우는 해 등지고 집으로 돌아가는 길
몇몇 가장이 직장에서 쫓겨났다는 소식을 들었다
누구는 스스로 세상을 버렸다는데
신들은 여전히 통조림 깡통 바깥에 앉아
하늘에서 누릴 빵만 되뇌고 있다

저녁 햇살이 잘 구운 쿠키처럼 쏟아지는 거리
가로수 푸른 잎을 바라보다
문득 아마존의 개미들이 부러워졌다

나뭇잎이 지천이어도 버섯 하나 기를 줄 모르고
빈 가지에 생을 걸어놓은 을乙의 후손들
몸이 휘청 흔들리고 목이 매캐해지는 순간

아마존 밀림 속으로 숨고 싶었다

땅거미 내려와 골목 갉아먹는 시간
사내 몇 놀이터 시소에 그림자 누이고 있다

이팝나무 아래서

쌀밥은 평생 내게서 멀었다

어릴 적엔 아버지가 가난해서 먹을 수 없었고
조금 자라니 쌀을 돌 보듯 하라고 가르쳤다
점심시간에 쌀만 싸온 부잣집 아들딸이
보리밖에 없는 집 아이들 도시락 앞에 비굴해지던,
우스꽝스러운 시절이었다
그 시간에 나는 자주 우물가를 맴돌았다

군대에 가니 사람 형상을 한 쥐가 들끓었다
높은 사람 오는 날만 보리보다 쌀이 많았다
내 돈으로 쌀을 살 만해지니 의사가 심통을 부렸다
쌀만 먹으면 죽을 수도 있다고 협박했다
사는 게 통증이 된 뒤로는 밥보다 술이 좋았다

오늘 아침 빗속으로 동네 한 바퀴 도는데
나무마다 쌀밥을 고봉으로 퍼서 한 상씩 차려놨다
저걸 어떻게 내려 먹는담? 침만 거푸 삼켰다
쌀밥은 여전히 내게서 멀거나 높고

고깃국에 이밥 한 상 차려드리고 싶은 아버지는
오래 전 강 건넌 뒤 전화 한 통 없고

이웃

겨울은 길었고 바람의 손톱은 앙칼졌다
죽은 듯 살아 있는 것들이 어깨 잔뜩 옹송그린 채
희미한 온기 찾아 생을 저어가는,
나무둥치에라도 방 한 칸 얻어 견디고 싶은 날들
지나고 또 봄이 온 뒤

비어 있던 까치집에 젊은 까치 한 쌍 입주했다
내가 사는 곳은 4층 옥탑방
까치야 사람 눈길 닿지 않는 높이를 염두에 두고
우듬지 가까운 둥지를 골랐겠지만
나는 창문을 열면 그들 신혼집이 코앞이다

아는 체라도 하면 서로 불편할 것 같아서
먼지니 황사니 핑계대며 오랫동안 창을 열지 않았다
가끔 살림살이 부서지는 소리 요란하거나
수컷이 취해서 들어온 날은 잠을 설쳐야 했지만
매번 모른 척했다

오늘은 모처럼 대청소하려고 창을 열었다가
제집 위에 풀 죽어 앉아 있는 수컷과 눈이 마주쳤다

명색이 이웃인데 그냥 돌아서기도 민망해서
무슨 일 있느냐고 눈으로 물었지만
지네라도 잘못 먹었는지 대답이 불퉁스러웠다

알 것 없어요 하던 청소나 마저 하세요
무슨 일인데 그래? 집에 안 좋은 일이라도 있는 거야?
성의가 통했는지 귀찮았는지 그가 대답했다
저 마누라가 알을 일곱 개나 낳았잖아요
둘만 낳자고 다짐하더니 어떻게 먹여 살리려고…

그렇구나
구름은 달라도 내리는 비는 다르지 않아서
너도나도 한 끼 밥에 작아지는구나
겨울에서 꽤 멀리 도망쳤는데도 어깨가 시렸다
저 먹을 건 타고 난다는 말은 할 수 없어서
어깨 걸고 가 술 한잔 사주고 싶었다

발자국이 전하는 말

새벽녘 들개 떼에 쫓겼나보다
작은 고라니 산어귀에 네 다리 뻗고 누웠다
공포에 물어뜯겼을 동공이 우묵 깊다

흐느끼듯 찍힌 발자국들이
물속으로 걸어간 어느 가장의 신발 닮았다
저 상흔들, 할 말이 남아 있다
눈 감고 귀 기울이면 들릴 것 같은

마지막 순간을 놓지 못한 근육에
캄캄한 절망 끌고 달렸을 안간힘 뚜렷하다
들숨날숨 담았던 육신은 굳었어도

차마 떠나지 못한 혼백의 손짓 따라
발자국 몇 개 몸 일으켜 산등성이 넘는다

인과因果

그때
탄광이 줄지어 문을 닫으면서
이산화탄소 측정용으로 갱에 투입되던
십자매 닭 토끼가 필요 없게 됐다

그렇다고
실직한 십자매 닭 토끼가 떼로 죽거나
값이 폭락한 건 아니었다

다만
갱 속의 어둠을 빼앗긴 광부들이
대처의 밝은 빛 속에서 하나둘 죽어갔다
그들을 땅에 묻고 난 뒤에는

검은 기침들이 골목을 배회했다

사는 거, 그깟

이십 년 살던 집 파는 서류에 도장 찍고 오는 길
아이들 다니던 학교 담장 밑에 산국 곱다
돌부리에 걸린 척, 내 집을 돌아본다
작년에 절집 불목하니도 그만뒀으니 집도 절도 없다,

생각하니 허전하다 그러다 이내 고개 젓는다
저 꽃은 들보 하나 없은 적 없어도 환하게 웃지 않느냐
재산세 같은 건 잊고 살아도 되니 얼마나 좋으냐
사는 건 맹물로 허공에 그린 그림 같아서
한 뼘도 안 되는 길을 평생 헐떡이며 걸어왔다
열 켤레 넘는 구두굽이 바깥쪽만 닳아 없어진 뒤
남은 건 기울어진 어깨

사는 거, 그깟…

주춤거리며 따라오던 아내가 밥이라도 먹고 가잔다
단골로 다니던 추어탕집으로 간다
아이들 키운 집 넘기고 정든 동네 떠나려니 서운하겠다
그대와 나, 한 시절 뜨겁게 생을 외쳤느니
밥보다 먼저 소주 한 병 주문한다

언제 우리 다시 이렇게 앉아 서로의 손에 젓가락 쥐어줄까,
제피가루 너무 많이 넣었다고 툴툴거려볼까,
생각하니 또 잠깐 먹먹하다

모처럼 마신 낮술이 걸음마다 매달린다
오늘이야 아내가 있으니 그럴 리 없겠지만
나도 모르게 101번 버스에 취한 몸 실을지 몰라서
현관문에 머리댄 채 삐삐삐삐 비밀번호 누를지 몰라서
머릿속에 남아 있던 숫자 몇 개 얼른 지운다

사는 거, 그깟…

히말라야를 넘는 새들

히말라야 봉우리를 넘는 새들이 있다

하늘도 쩡쩡 울며 깨지는 고도를 온몸으로 열며
꽁꽁 언 발로 언 발을 감싸며
흐르지 못하는 눈물로 눈물을 훔치며
이름마저 얼어붙을까 서로 부둥켜 부르며
8,848미터 산정을 넘어가는 새들

J가 가족을 데리고 서울을 떠났다
가게 보증금 털어먹고 인력시장 기웃거린다더니
고향으로 가는 길이라고 전화했다
씨앗 한번 뿌려본 적 없는 그들에게도 고향은
품을 열어줄까

가지 말라는 말은 차마 할 수 없었다

돌풍은 힘없는 새에게 먼저 닥치게 마련
아무리 날개를 저어도 추락만 있다
하늘 넓이를 재보겠다고 꿈꿔본 적조차 없었는데
더 내려놓을 것도 없어 뼛속까지 비웠는데

핏줄까지 두고 가라고 겁박한다

일주일 넘게 J가 전화를 받지 않는다

조개 속의 어린 게

작은아이가 처음 집 떠나 멀리 가던 날
아내는 텅 빈 얼굴로 바지락탕을 끓였다
둘이 말없이 앉아 저녁을 먹었다

문 나선 지 오랜데 아이는 여전히 품에 있었다

끝까지 입 닫고 있던 바지락 하나를
애써 여는 순간 고개를 돌렸다
조개 속에 작은 게 한 마리가 웅크리고 있었다
게가 왜 거기 있는 걸까

배고팠던 조개가 지나가는 어린 게를 삼킨 걸까
추위에 떠는 게를 품어준 걸까
품고 토닥거리다 순식간에 잡힌 걸까

수저마저 무거운 아내에게
빨갛게 익은 게를 보여줄 수 없어서 얼른 덮었다

아이가 탄 비행기가 이륙할 시간이었다

6월에 내리는 비

칼날 같은 햇살에 베인 잎새의 발등으로

편서풍 이고 가는 나그네새 날갯짓으로

쉬지 않고 세상의 품을 재는 자벌레 굽은 등으로

길 위에 우유 엎지른 소녀의 작은 어깨로

허리 휜 농부의 헛헛한 보릿대궁으로

먼 길 걸어와 토닥거리는 저 속 깊은 위로

슬픔에게 빚지다

나는 언제나 슬픔에 빚지고 산다
수시로 눈물을 갖다 쓰고 친구들에게도 나눠준다
가끔 우울이라는 얼굴도 빌려 쓰지만
값을 치르거나 돌려준 적은 없다

그녀 손 잡고 마지막 꽃을 전송하던 밤이었던가
은하수에 물수제비 뜨던 밤이었던가
목 짧은 새가 울음을 잃어버린 날일지도 몰라

내가 빌려다 엎지른 슬픔으로 세상이 흥건했지

스스로 불 지른 심장은 시간이 가도 재가 되지 않아
목젖까지 태울 것 같은 불꽃만 남기지

그날은 사막으로 도망치는 꿈을 꾸었어
모래산 자명自鳴 속에 곱게 부서진 나를 뉘어두고
누가 물으면 낯선 얼굴로 고개저었어
나는 꿈에서 스스로 돌아온 적이 한번도 없지

푸른 냉기 밟으며 창백한 달빛이 오고

핏줄마다 숨겨둔 길들 시위하듯 요동치는 걸 보면
강파른 바람 또 한바탕 불 것 같아
내 안에 전에 없던 사구沙丘들이 태어나겠어

날 밝는 대로 슬픔에게 다녀와야겠다

빈집

측백 울타리에 잠들었던 박새 먼저 일어났다
마른세수 마치고 아침거리 찾아나선 뒤
산싸리 네댓 그루 그림자 동여 마당을 쓴다

소나기가 떠놓은 세숫물 속으로 말간 해 떠오르고
도랑가 물푸레나무 꼼꼼히 머리 빗는 동안
참죽나무 샘가에 앉아 나물을 씻는다

까치 한 쌍 손님 마중 가는지 잰걸음으로 나선다
길 가던 구름 평상에서 다리쉼하는 사이
고샅 올라온 바람 쇠스랑개비 노란 꽃과 눈 맞춘다
작년에 열렸던 하늘수박 올해도 덩굴 올렸다

팽나무집 강아지 마실 와 맴도는 바깥마당에
소리개 너른 그림자 어른거린다
병아리 불러들이는 소리 들리는 것 같아 둘러보면
뻐꾸기 멧비둘기 구애 앞서거니 뒤서거니

영감님 먼저 보내고 쓸쓸히 살아온 재너머댁
집 내려다보이는 가팔막에 묻힌 뒤

빈집 아침은 날마다 잔치라도 열린 듯 술렁거린다

솔가지 태우는 연기 부엌문 열고 나설 듯

3부

무화과의 지조

그러니까,

온갖 꽃들이 흉중 이름 낱낱이 토설할 때
네 입속에 숨긴 게 누군지
아담이라 불리던 사낸지
이브라 불리던 여인인지
붉은 것이었는지
푸른 것이었는지
어디서 왔는지
어디로 갔는지, 죄다 털어놓으란 말이야

나비조차 막아서며 깊숙이 감춘 꽃 한 송이

여전히 열리지 않는 입술

신新 고려장시대

오늘은 숲에서 컴퓨터 없는 모니터를 발견했다
속 빈 컴퓨터가 온 지 한 달 만이다
기억을 빼앗긴 모니터는 해바라기만 하고 있었다
지난 주에는 승용차 한 대가 입주했다
내내 꼼짝 안 하는 걸 보면 역시 버려진 게 틀림없다
버려진 것들은 대개 자리를 뜨지 않고
기다리는 일에 남은 생을 건다
골조만 빼고 통째로 들어온 비닐하우스에 비하면
승용차의 전입은 새삼스럽지 않다
하우스에서는 밤마다 웅얼거리는 소리가 들린다
어느 날은 한탄 섞인 울음소리도 새어나온다
엊그제 발견한 끈에는 주저흔이 선명하게 남아 있었다
죽는 걸 포기하고 내려가길 잘했지, 그 인간
일면식도 없는 몸을 묻을 뻔했다
숲에서는 사람의 몸이 가장 가치가 없다
나를 따라다니는 강아지는 지난 봄 숲으로 왔다
낳자마자 유기돼서 나를 어미로 안다
내가 지금 숲을 헤치고 돌아다니는 까닭은
트럭째 실어다 버린 과일이라도 찾을까 싶어서다
과일값이 폭락한 뒤로는 심심찮게 들어온다

숲은 더 이상 나무와 풀 다람쥐가 사는 곳이 아니어서
버려진 것들이 뿌리내려 물을 길어올리고
가지를 뻗고 잎을 피운다
오래 전부터 만원이어서 자주 스스로 길을 지운다

고물상이 사라진 동네

나라초등학교 담장 따라 개나리꽃 환하다
노란 등불 위 하얀 플래카드 걸렸다

우리는 고물상 옆에서 공부하기 싫어요
　— 나라초교 학생 일동 —

등교하던 나라초교 학생 일동이 고개를 갸웃거렸다
우리 학교에 일동이라는 애가 있어?
옆의 아이가 고개를 저었다
네가 고물상 옆에서 공부하기 싫다고 그랬어?
옆의 옆 아이가 힘차게 고개를 저었다

나라고물상 담장 따라 미국자리공이 자랐다
마당엔 환삼덩굴과 가시박이 기세를 올렸다
주인이 도망갔다는 말도 있고 잡혀갔다는 말도 돌았다
이유는 아무도 몰랐다
학원에서 돌아온 아이들이 고물 틈에서 놀았다
고물 대신 아이들 웃음이 짤랑짤랑 쌓였다

고물상 문에 못질해도 아파트값은 오르지 않았다

부녀회장이 부지런히 동네를 누볐다
몇몇 여자가 뒤에서 수군거렸다
하늘에 대고 연신 손가락질하는 이도 있었다

노인들은 손수레를 끌고 먼 길을 걸었다
손수레에 실려가는 폐지들이 미안한 표정을 지었다
옆 동네 고물상도 문 닫아서 더 멀리 갔다
나라 끝에도 고물상이 없어서 달나라까지 갔다
노인들은 길 위에서 조금씩 늙어갔다
힘이 빠진 몇몇은 끝내 돌아오지 못했다

나라초교 사전에 고물이라는 단어가 지워졌다

파리와 시인의 무게

뒷산이 잠에서 깨기 전에 한 바퀴 돌고 와
몸무게 재려고 체중계 내놓았더니
잠깐 실례하겠다는 듯 손 싹싹 비비며
파리 한 마리 냉큼 올라가 제 무게부터 잰다
파리 정도야 체중이랄 것도 없어서
저울 눈금은 꿈쩍도 안 한다
자존심 상한 파리가 발을 쾅쾅 굴러보지만
눈금은 여전히 코웃음치며 먼산바라기다
건방진 파리 같으니!
짜증난 내가 냅다 파리채를 내리친다
느닷없는 가격에 놀란 눈금이 번쩍
눈을 떴다 감는다
파리는 체중계 위에 납작하게 죽어 있다
생명을 주고 기어이 한 줌 무게를 얻었다는 듯
꽤 만족한 표정이다
죽은 뒤 겨우 이름을 얻은 시인이 생각난다
파리의 무게를 얹든 덜든
몸무게는 어제보다 1그램도 줄지 않았다

어떤 죽음

육신 하나 내려놓는데 29200날 걸렸다
숨을 멈추기 위해 681177600번 숨 쉬었다

넓은 바다를 그리워한 바위가
수천 년 제 몸 깎고 수만 번 부숴서 겨우
강가에 이른 의지에 비하면 한 일도 없지만,

오백 년 산 소나무 베이고 깎이고 망치질 감내해
어느 작은 절 들보로 앉은 것에 비하면
아쉬울 것도 없는 삶이었지만,

생전에 뜨거운 사랑이나 존경받은 적 없고
가난에 시달려본 적은 더욱 없으며
죽음 앞두고 잠깐이라도 빛난 적도 없고
새로 만날 세상에 대한 설렘을 품은 적도 없지만,

집과 골프회원권 은행 잔고 고스란히 두고
80년 끌고 온 생 놓는 것도 쉬운 일은 아니어서
마지막 숨은 밀린 숙제하듯 크게 몰아쉬었다

저, 이번 역에 내려도 될까요?

아버지는 그쪽에 가서도 이방인이다
이쪽에서는 정착민 속을 유목하느라 경계를 오가더니
그쪽에서는 이쪽에 눈을 떼지 못한다
나이 들수록 난, 아버지 기척을 자주 느낀다

수척하고 긴 그림자가 골목 안까지 따라올 때
목이 타는 것 같은 기침으로 자지러질 때
뒹구는 자목련 꽃잎에 눈길이 오래 머물 때
언덕에 서서 시선 멀리 두고 바람의 방향 어림할 때
문득 낯설어진 내게서 아버지를 본다

아버지는, 당신의 아버지에게 가장 서운했던 게
궁금한 걸 물어볼 수 없을 때였다고 고백한 적이 있다
아버지의 아버지는 평생 세상을 떠돌았다
자주 북선에서 잠들었고 만주벌판에서 눈 떴다
아버지는 아버지가 없는 것과 같아서
삶이 수시로 던지는 질문을 스스로 대답하며 자랐다

어른이 돼서는 당신의 아버지처럼 떠돌았다

아버지가 이쪽을 맴도는 건 나 때문이다
자신이 산 날보다 더 사는 아들이 낯설기 때문이다
자신보다 더 멀리 떠도는 게 안타깝기 때문이다
아들이 무언가 물어보기를 기다리는 것이다

지하철 순환선을 한 바퀴 돌았다는 걸 뒤늦게 안 내가
저, 이번 역에 내려도 될까요?
묻기 기다리며 거기 서성이는 것이다, 아버지는

이쪽에도 저쪽에도 자신을 놓지 못하는 것이다

시간을 팝니다

해진 뒤 문밖으로 나서는 게 싫어졌다
피는 꽃보다 지는 꽃에 마음이 가던 무렵부터였다
일찍 커튼을 치고 날이 밝으면 일어났다

하루는 새들이 날아가는 걸 보고 있었는데
그 중 한 마리가 별똥별처럼 뚝, 떨어졌다
새의 추락을 본 건 처음이었다
가까이 달려가 보니 땅으로 떨어진 건 새가 아니라
검은 비닐봉지였다
혹은 버려진 구두였을지도 모른다

어느 날은 차곡차곡 개어두었던 젊은 날의 시간과
아내가 도시락 대신 싸준 그녀의 시간을
배낭에 넣어 집을 나섰다
공원 한쪽에 두 가지 시간을 펼쳐놓았다
사람은 많았지만 아무도 낡은 시간에 눈을 주지 않았다
젊은이들은 시간이 귀한 줄 모르고
늙은이들은 제 시간도 주체 못하는 눈치였다
공원을 돌며 시간을 버리던 사내가 끌끌 혀를 찼다
옆 사람이 펼쳐놓은 만 원짜리 롤렉스 시계는

한 시간도 안 돼 다 팔렸다

가난해도 시간 모으는 낙으로 버텼는데
아침마다 밥도 제대로 못 먹고 달려나가기 바빴는데
뛰지 않고 지하철을 탄 적이 없는데
아래에서 치고 올라오고 위에서 찍어 눌러도
모아둔 시간을 생각하며 웃었는데
누구도 거들떠보지 않는 애물단지가 돼버렸다

플라타너스 제 그림자 베고 눕는 시간
기다려봐야 시간은 팔릴 것 같지 않았다
아내는 지금쯤 무얼 하고 있을까
여전히 낡은 TV 뒤져 먼지 묻은 시간 캐내고 있을까
시간의 씨를 묻은 화분에 물을 주고 있을까
굽은 등 짊어진 하루가 느리게 앞서 걸었다

염소가 떠내려간 이유

뉴스에는 안 나왔지만 2018 동계올림픽이 진행된 강원도 평창군 대관령면 횡계리에서는 지난해 겨울 전국 눈사람대회가 열렸다 1977년 이후 46년 만이었다 서울 모 구의 대표와 제주도 대표들은 참석하지 못했다 서울 눈사람은 미세먼지 눈 때문에 먼지사람이 됐고 제주도 눈사람들은 산에서 내려오자마자 녹아버렸다 대회 주제는 대기오염과 기후위기였다 인간에 대한 성토와 미래에 대한 걱정이 이어졌다 기후변화로 눈이 옛날만큼 내리지 않는다는 말 대기오염이 순수한 눈을 빼앗아갔다는 말 고드름 따먹는 아이들이 없다는 말 출산 기피로 눈사람 만들 아이들이 턱없이 부족하다는 말 학원 때문에 눈사람 만드는 걸 잊었다는 말 말 말 온갖 말이 눈처럼 쏟아졌다 MZ세대 눈사람이 어른 눈사람을 우습게 안다는 한탄도 공감을 얻었다 눈사람을 천연기념물로 지정하도록 촉구해야 한다는 주장은 소수의견으로 기록만 남겼다 대회가 끝난 뒤 집으로 돌아간 눈사람은 없었다 갑자기 기온이 치솟는 바람에 모두 녹아버렸기 때문이다 열흘 동안 이어진 눈사람대회는 신문에 한 줄도 실리지 않았다 눈사람이 한꺼번에 실종돼도 마찬가지였다 기자들은 너무 바빴다 여당 대표를 뽑는 큰 행사가 있었고 야당 대표가 구속될 위기에 있었다 방송사들은 노래자랑 시간이 부족해서 뉴스를 크게 줄였다 눈사람들은 강으로 흘러갔다 모 지방신문에 강물이 갑자기 불어나는 바람에 강변에 매어둔 염소 한 마리가 쓸려갔다는 기사가 짧게 실렸다 겨울에 왜 염소를 강변에 매뒀는지 설명은 없었다

불통시대의 대화법

3월이었다 여전히 작년의 붉은 열매를 매단 채 노란 꽃을 피운 산수유나무 한 그루가 길가에 서 있었다 어제와 오늘이 등을 돌린 채 각자의 말을 끊임없이 내뱉었다

정말 안 갈 거예요? 봄이에요 봄! 당신의 시간은 끝났다고요

가긴 어딜 가 임마 여기가 내 자리여 작년부터 이 가지에 달려 있었다구

해가 바뀌었으니 제발 좀 가라고요

이 녀석아 내가 늬 애비여 언다 대구 가라 마라여

앱은 무슨 앱? 여기가 핸드폰인감?

하! 앱이 아니고 애비! 요즘 젊은것들은 당최 말귀를 못 알아들어

당신이 자릴 비워야 나도 열매를 낳을 게 아녜요

누가 너보고 낳지 말래? 그러라고 내가 한쪽에 구겨져 있잖어

가야 할 때가 언제인가를 분명히 알고 가는 이의 뒷모습은 얼마나 아름다운가*

나 원! 지 애비 쫓아내겠다고 시조까지 읊고 있네 나 앉은 자리 조금씩 좁혀서 남을 앉히는 것들이 아름다움을 지

키는 거여

　뭐래? 시가 뭔지 시조가 뭔지 구별도 못하는 꼰대가

　어긋난 시간 속에서는 공존이 불가능하거나 생과 사의
공간을 함께 쓸 수 없는 것들이 세상을 지고 간다

＊이형기 「낙화」에서 인용.

사이보그로 거듭나다

문을 밀고 들어설 때만 해도 의젓한 중년 신사다
옷을 벗어 걸 때까지도 소중한 고객이다

여기 앉으세요
안경을 벗고 마스크는 쓰고 원장님을 벗으세요
어? 오류가 있었겠지? 얼른 귀를 수정한다
안경을 벗고 마스크는 쓰고 원장님을 기다리세요
치과병원은 늘 사람을 긴장하게 만든다

그나마 대화가 가능한 기회는 여기까지다
얼굴에 소공포를 씌우는 순간 말 잘 듣는 로봇이 된다
흥분한 동물에게 천을 씌워 눈을 가리듯
소공포 속에서는 누구라도 얌전하다
AI처럼 문제해결 능력을 갖출 필요도 없다
간단한 명령어에 즉각 반응만 하면 된다

어금니를 뽑을 땐 마취를 해도 눈이 질끈 감긴다
로봇은 공포를 못 느낀다는 속설은 오해다
아픈 만큼 삶의 질이 높아진다는 말을 믿고 견딜 뿐
잇몸에 쇠 나사를 박는 날은 온몸이 떨린다

드릴 소리 뼈 깎는 소리 원장 선생의 거친 숨소리…

새로 박아넣을 이를 본뜰 땐 나도 덩달아 바쁘다
물론 훈련받은 대로만 하면 된다
아! 하세요
앙! 무세요
아! 하세요
앙! 무세요
모양이 조금 우습겠지만 난 로봇이니 상관없다

그녀들은 내 입을 벌려놓은 채 이야기를 나눈다
우리 아기가 어제는 세 걸음이나 걸었어
어머! 돌 지나니까 확실히 다르구나
로봇 앞에서는 굳이 말조심할 필요가 없다
나는 설령 알아들어도 무표정을 유지해야 한다
천을 덮고 있다는 게 얼마나 다행인지

쇠 나사에 크라운을 씌우면 모든 절차가 끝난다
이제 다 됐습니다
원장 선생 목소리가 7월의 소나기처럼 반갑다

새 몸을 받아든 나는 두 팔 번쩍 들고 만세를 부른다
지구를 지키는 600만 원짜리 전사
쇠 이빨로 쇠심줄을 끊는 무적의 용사
2024년식 사이보그 b2079viii로 거듭나는 순간이다

2월 아침에

겨우내 파먹은 김장독 우묵 깊어도
쌀독 바닥 긁는 소리 늑골 적셔도
뒤축 떨어진 고무신마냥 나뭇간 헐거워도
2월이 반가운 이유는 다리 끝에서
3월을 만날 수 있기 때문
일부러 입술 동그랗게 내밀어 봄!
불러볼 수 있기 때문
외길 따라 걷다 모롱이 돌고 내 건너면
접접한 밭종다리 아침놀에 풍덩
온몸으로 팔매질하는 소리
괜스레 마음 총총한 늙은 홰나무 푸르르
살비듬처럼 쌓인 시간 터는 소리

말[言]의 기원

신神들도 심심한 건 견딜 수 없었던 거야 아침에 해 걸고
저녁에 달로 바꿔 걸고 별들도 점 점 점 박아넣고 비 바람
구름까지 장식했지만 뭔가 아쉬워서, 발 없는 짐승 네발짐
승 날개 가진 짐승까지 만들었는데도 성에 차지 않았던 거
야 궁리 끝에 자신 닮은 짐승을 만들기로 했어 몇 번 실패
끝에 구워낸 형상에 숨결 불어넣고 사람이라 이름붙였는데
익숙한 모습이라 그런지 꽤 만족스러웠어 문제는 너무 온
순하다는 거였지 싸울 줄을 몰라서 날마다 쫓겨다니는 거
야 뭐니 뭐니 해도 싸움 구경이 최고라는데 재미가 없었던
거지 생각 끝에 말이라는 무기를 준 거야 수탉에게 지네를
먹여 싸움닭 만들 듯

　말은 철없는 신이 사람에게 내린 재앙이다
　말을 시작한 뒤 다툼도 시작됐다
　법보다 주먹이 앞서기 전에 주먹보다 말이 앞서서
　말로 꼬집고 말로 때리고 말로 살인한다
　혀뿌리에 얼마나 많은 말씨를 묻었는지
　절로 싹 트고 틈만 나면 입 밖으로 튀어나온다

　말이 그냥 말일 때는 말에 불과하지만

어느 입에서는 독 묻은 가시가 되고
마음 내키는 대로 휘두르면 심장 찌르는 칼이 되고
때로는 쥐를 키우는 시궁이 된다
말과 싸우다보면 신에게 감자라도 먹이고 싶다

이왕 사람에게 무기를 줄 생각이었으면
무화과씨를 혀에 묻어두거나
무씨 배추씨라도 뿌려뒀으면 세상이 얼마나 순할까
누군가 만나서 따질 게 있을 때
말 대신 농익은 무화과 하나 불쑥 내밀거나
잘 익은 김치라도 한 접시 건네면
너와 나의 거리距離가 얼마나 꽃밭 같을까

스스로 신을 만들었다는 사실을 잊어버린 사람들이
오늘도 말로 말을 이기게 해달라고 손 모은다

바닷속에 마을이 있어서

꽃게 다리의 달금한 살을 빼먹으며 생각한다
바다에서 온 살이 어떻게 단맛을 낼까
바다 밑에 소금 만드는 맷돌만 있는 게 아닐 거야

바다의 문 밀고 아득한 곳까지 내려가면
언덕 너머 사탕수수밭이 있을 거야
씨 뿌리는 이만 있고 거두는 이 없는 밭
문어도 넙치도 꽃게도 입이 심심하거나 출출하면

밭으로 달려가 달콤한 사탕수수를 먹을 거야
나그네도 밭둑에 앉아 시장기를 끄겠지
누군가는 사탕수수를 베어 설탕과 과자를 만들 거야
문 밖에 두면 배고픈 누구든 먹겠지

오늘도 바닷속 마을에 하루가 저물어
가장들 노을 지고 사탕수수밭 사잇길로 돌아오면
아이들 부르는 엄마 목소리 고샅을 달리고
부채 접은 노인들 느티나무 그늘을 개겠지

지상에서 잃어버린 풍경 모두 바다로 갔을 거야

감자밭에서

감자꽃에서는 향기 대신 땀 냄새가 난다

세상의 눈이 꽃을 맴도는 동안
뿌리는 암흑 속을 더듬어 물을 긷는다
줄기와 잎과 꽃의 갈증을 눅이고
누군가 먹일 감자알을 키운다

생각해보면 귀한 건 모두 어둠이 낳는다

단비는 먹장구름이 낳고
풀과 나무의 씨앗은 땅속에서 발아한다
아이는 캄캄한 자궁에서 자라고
희망은 절망 속에서 싹튼다

막장 같은 날조차 괜히 오는 게 아니라고
땀 냄새 그윽한 감자꽃이 설說한다

선물

누구의 시간을 지나 여기까지 왔을까
빈 화분에 돋아난 연록의 싹 하나
이곳은 20층, 바람도 허덕이며 올라오는 곳
씨앗 배달하는 새도 눈길 주지 않는 곳
분갈이를 한 적 없으니 흙에 묻어왔을 리도 없다
보낸 이도 전한 이도 없는 택배는 난감하다

가을 이후에는 잊고 있던 화분이다
추위를 막으려 싸매준 적도 물을 준 적도 없다
화분이 침묵을 부양하는 동안
나는 몸속에 자라던 암 조직을 떼냈다
의사는 희망보다 절망을 더 자주 감추려고 했고
날마다 젊은 시인의 부고가 도착했다
나는 짐승처럼 웅크리고 어둠의 뼈를 핥았다

싹을 발견한 지 사흘 만에 이름을 지었다
무엇이 될지 모르니 만다라라고 부르기로 했다
만다라! 소리내 부르면
구름이 대답하고 햇살이 기웃거렸다
이름을 부르고부터는 자주 목이 말랐다

새싹은 봄비 같아서 무언가 데려온다
이름을 지은 지 며칠 뒤 싹이 또 하나 돋았다
역시 어디서 왔는지 알 수 없었지만
우담바라라고 이름 지었다
둘은 서로 기대앉아 도란거리거나 노래 불렀다
나는 금화를 묻어놓은 농부처럼
날마다 화분 앞에 앉아 들여다보았다

두 달 만에 정기검진을 받으러 간 날
고개를 갸웃거리던 의사가 모처럼 환하게 웃었다
그 미소가 어지러워서 손끝을 보다가
거기 돋아난 또 하나의 싹을 발견했다
여전히 누가 보냈는지 알 수 없었다
선물이라고 이름 짓고 화분에 옮겨 심었다

새들의 러시안룰렛

죽는 순간까지, 죽음이 비껴가길 갈망하며
단 한 발의 총알이 내가 아닌 다른 녀석의 머리를
지나가게 해달라고 기도하며
6연발 권총의 방아쇠를 당기는 게임을 우리는
러시안룰렛이라고 한다

양쪽에서 자동차를 몰고 마주 달리다
핸들을 꺾는 쪽이 지는 게임도 있다
양쪽 모두 끝까지 치달으면 함께 죽을 수밖에 없다
피한 쪽은 겁쟁이라는 이름을 얻는다
치킨게임이라 부르지만 닭들은 하지 않는다

기찻길 옆 동네 아이들은 어른이 돼도 기억한다
모로 누워 철로에 귀를 대고 있으면
굉음을 내며 굴러오는 쇠바퀴 소리
열차가 가장 가까이 올 때까지 버티는 아이가
승자가 되는 벼랑 끝 놀이도 있다

슬기로운 사람이란 뜻을 가진 호모 사피엔스는
게임에 목숨 거는 어리석은 후세를 낳았다

사람만 바보짓을 하는 건 아니다
해 질 무렵 시골길을 달려본 사람은 바로 공감한다
차 앞을 총알처럼 가로지르는 새떼
어느 녀석은 부딪혀 떨어지기도 한다

처음에는 막가파식 곡예에 당황하지만
몇 번 겪다보면 새들의 게임이라는 걸 알 수 있다
그들은 왜 게임에 목숨 거는 걸까
끓는 피를 이기지 못한 청소년기의 치기일까
집 한번 못 지어본 늙은 새들의 고별 비행일까

하긴, 어느 피 뜨거운 생명들은
길에서 주고받는 눈길조차 러시안룰렛이라서

자연산 길 단종되다

세상의 모든 길은 불임의 몸을 갖게 되었다
금세기 들어 번식능력을 완전히 상실했다
어디를 가도 자연산 길을 찾아보기 어려운 이유다
길 옆에 길을 뉘어놓아도 소 닭 보듯 할 뿐

학계는 연구 끝에 길의 인공부화에 성공했다
대량생산 가능한 공장도 지었다 컨베이어벨트를 타고
검은 벨벳을 두른 길들이 쏟아져 나온다
산 위에도 바다에도 날마다 새 길이 생긴다

최근 출고된 길은 모두 반듯하고 번듯하다
굽은 길을 다리미질하듯 곧게 펴는 기술도 개발했다
숲에 살던 오솔길이 하나둘 지워진 뒤
굽이굽이나 옹달샘 같은 말은 사어死語가 됐다

작가들이 길을 묘사하는 문장을 쓰지 않게 된 이후
길가에는 가로수 대신 금속 펜스를 심는다
남은 가로수들은 모가지를 반듯하게 잘라준다

엊그제 모처럼 고향 가는 길에 보았다

늙은 노새 등 닮은 길이 산등성이를 넘고 있었다
멸종위기 1급의 자연산 길 같았는데
너무 빨리 달리는 바람에 확신은 할 수 없었다
오래 전 사라진 공룡을 본 듯 눈만 비볐다

가을 엽신

불과 물의 무덤 사이를 지나 바람의 문
밀고 들어서면 바삭바삭
잘 마른 햇살 구르는 소리
네 살 아이 징검돌 딛듯 조심조심 걸어가면 그 끝,
먼 길 다녀와 허리 두드리는 회화나무
물봉선 꽃그늘에 뒹굴다 온 강아지
연보라 향기 물고 우쭐거리며 마당 가로지르고
벌들도 나비도 새들도
낙하의 멀미로 이마 짚는 황혼 무렵
누군가 허공 벽에 적멸이라고 써놓았다
하늘이야 시름시름 여위든 말든
당신이라고 이름 지은 나라로 망명하고 싶은,

4부

연기 緣起

길에 끈 하나가 떨어져 있길래 나는
주워들고 왔을 뿐이라고요
소가 따라오는 걸 어떻게 알겠어요
박동삼이네 보리밭이 소를 따라온 건
더더욱 알 바 아니고요
주인 찾아주려고 외양간에 잠깐 넣어둔 소가
쌘비구름 되새김질하는 바람에
때아닌 우박이 쏟아진 불상사야말로
사고친 소가 해명할 일 아닌가요?

소가 저 매어둔 고삐를 물끄러미 본다

염화미소

나와 함께 사는 개는 일찌감치 귀가 열려서
어지간한 말은 다 알아듣는데
마음 내키지 않으면 듣고도 못 들은 척하기 일쑤
밥 먹자, 하면 먼산바라기나 하다가
내가 안 보일 때 우연히 발견한 척 먹는다든가
산책 가자는 말이 떨어지기도 전에
목끈 물고 앞장서는 것이어서
대체 안에 뭐가 들어앉았는지 궁금한데
열린 귀와 눈은 쓰는 데가 따로 있어서
남쪽에서 올라온 바람 앞에 앉혀놓고
섬진강 첫 매화 핀 소식을 꼬치꼬치 묻는다든가
보름달이 중천쯤 지나는 밤이면
계수나무니 옥토끼니 안부 묻느라 수다스럽고
뜬 건지 감은 건지 모호한 눈으로
천 리 밖 내다보며 날씨를 점쳐보기도 하는데
어쩌다 온 손님들 소주잔 앞에 놓고
개에게 불성佛性이 있느니 없느니 중구난방일 땐
석가세존 꽃을 꺾어 들기도 전에
슬그머니 돌아앉아 혼자 웃기도 하는데

단풍잎 지다

가을비 속에 신발을 잃어버린 새들
어디서 시린 발 말리고 있을까
저물녘 오목눈이 몇 마리 비 긋고 간
아미타전 단풍나무 아래
주인 잃은 신발들 오소소 떨고 있다

굴참경을 읽다

산어귀 갈림길에서 아내와 헤어졌다
그녀는 탑돌이 한다며 오른쪽 솔숲 길로 가고
나는 정상으로 가는 왼쪽 길을 잡았다

가파른 고개 하나 지나 잠시 쉬려고
큰 나무 베어진 자리에 앉다가 흠칫 일어선다
누군가 그루터기 가득 그려놓은 만다라
점 하나를 향해 가는 원圓의 뜻 헤아리다
눈 들어보니 세상이 온통 경전이다

굴참나무엔 굴참경이 산초나무엔 산초경이
도리천忉利天 우러르며 펄럭거린다
나뭇잎 경전들 사이로 비껴드는 햇살경
이마 어루만져주는 산바람경
저자로 이어진 오솔길마저 경전의 행간이어서
천 번 생이 쌓은 업장 씻길 것 같다

아내는 지금 돌탑경 한 장씩 읽고 있겠다
늘 다른 길로 가지만 어느덧 돌아와 곁에 서는
그녀 또한 아내경이란 이름의 경전이어서

조기 말리는 풍경

법성포에 갔더니 통째로 만불전이더군

입 벌린 부처 입 다문 부처
슬그머니 돌아앉아 눈으로 웃는 부처
바람결에 몸 싣고 노래하는 부처

남의 허물 입에 올리지 마라
헛된 욕심 품지 마라
스스로 어리석은 줄 알아라

1,600년 동안 바다 위 걸어온 스님
불현듯 죽비 들어 내 어깨 내려치는 순간
길 가던 누렁개 합장하며 조아리더군

자비심의 실체

늦장마 그친 이른 아침

두 해 전 죽은 참나무

잔나비걸상버섯 품에 안고 젖 물리고 있다

별빛이 흐려질수록

죽어도 차마 죽지 못하는 것들이

숨 더운 것들을 보듬는다

자선 보일러

돈 없으면 겨울에도 가스가 끊기는 게 법이다
가난은 가난한 이들 눈에만 보인다
할머니 식은 품의 온기로 엄동설한을 견딘다는
어린 소녀를 TV에서 본 뒤
몇 푼이라도 아껴 세상의 그늘 걷어 보겠다고
실내온도를 얼어죽지 않을 만큼 내렸다
그날부터 내 방 보일러 눈치만 늘었다
온종일 죽은 척 엎드려 있다가
내가 잠든 새벽녘이면 슬그머니 일어난다
저 돌아가는 소리에 내 심장 덜컥거리는 걸 아는지
늙은 고양이 양철지붕 밟듯 조용조용 돈다
내가 돌아눕는 기척이라도 내면
무궁화 꽃이 피었습니다, 하는 아이마냥
재빨리 멈추고는 시치미 뚝 뗀다
나는 추운 사람들 눈에 밟혀 이 수선이지만
내 보일러는 주인 눈치 보랴 세상의 그늘 챙기랴
열두 식구 부양하는 가장처럼 고단하다

배려

감씨의 배를 반으로 가르는 순간
불쑥 얼굴 내미는 잘 만든 수저 하나
긴 감의 씨는 긴 수저를 품고
둥근 감의 씨는 둥근 수저를 품는다
좀 뜬금없어 보이는 이 수저는
젖빛 감꽃이 감을 잉태하던 봄날부터
꼼꼼하게 준비했을 것이다
어느 노인 홍시로 헛헛한 속 달랠 때
흘리지 말고 떠먹으라고
씨마다 잊지 않고 챙겼을 것이다

썩지 않는 것들

시간이 가도 썩지 않는 것
소금
소금

소금, 그리고… 음!

함부로 내뱉은 사랑의 맹세

꽃은 새가 물어온다

언제부터였나 새 한 마리 창밖에 산다
특별히 고울 것도 눈길 끌 것도 없는 잿빛 새
직박구리가 아닐까 싶은데 확신은 없다
내가 이름을 제대로 아는 새는 까치 제비 참새 비둘기
가끔 오리나 닭까지 새라고 부르고 싶을 만큼
날것들을 구분하는 안목은 형편없다

새는 아침마다 내 창가에서 운다
제 딴에는 생을 찬미하는 노래일지 모르지만
나는 새가 내는 모든 소리는 울음이라고 배웠다
그나마 그 새의 울음은 매력이 없다
너무 뾰족한 데다 음률도 매끄럽지 않다
날마다 오지만 내다본 적은 없다
새 울음 같은 건 생을 스치는 바람과 같아서
내게 아무 의미도 되지 않는다

비 내리는 아침까지 그렇게 믿었다

그날 문득 창문을 열었을 때
새는 찬비로 온몸 적시며 새 아침을 잣고 있었다

내가 빗물이라도 튈까 움츠리는 사이
나무마다 옮겨 다니며 환희를 매달고 있었다
나무 사만다 못다남 아바라지 하다시 사나남…
새가 날갯짓할 때마다 열리는 화엄華嚴

하늘 강이라도 엎지른 듯 비는 쉬지 않고 세상을 적시고
새가 물어온 흰 것과 검은 것 산 것과 죽은 것 떠난 것과 돌
아온 것 있는 것과 없는 것이 한 가지에 매달려 온통 꽃장식
을 하고 있었다

드문 겨울

그해는 겨우내 눈이 오지 않았습니다 대신
며칠씩 비가 내렸습니다
북쪽 어느 강마을은 얼음이 다 녹아서
오랫동안 준비한 겨울축제를 못 열게 됐다고
아우성이었습니다
온 나라가 뒤숭숭한 겨울이었습니다
산사로 향하는 길은 아침마다 길을 지웠습니다
팔작지붕 끝 풍경 소리도 흠뻑 젖었습니다

석가세존 앞에 한 여자 엎드려 있었습니다
어깨 가득 울음을 매달고 있었습니다
전생 어느 아득한 곳을 울고 있는 것 같았습니다
어느 생에 박힌 옹이가 그리 서러워서
생솔 태우는 노파의 젖은 눈 같은 체읍涕泣
끝없이 흘러내리는 청동빛 시간이
뺨을 적시고 무릎 지나 바닥에 흥건했습니다
번개가 가끔 먹장구름을 반으로 갈랐지만
푸른 하늘은 아주 실종된 것 같았습니다

천둥소리 다시 산마루 넘는 순간

석가세존 옷자락 여미며 연화대에서 내려왔습니다
천천히 여인에게 다가가더니
허리 굽혀 떨리는 어깨에 손을 얹었습니다
울음 잦아들고 꽃살문 번해지고
사나흘 기왓장 두드리던 빗소리 뚝 그쳤습니다
속날개까지 적신 새 몇 마리
비 끝을 물고 일제히 처마 끝을 박찼습니다
드물었던 겨울, 정오 무렵이었습니다

첫 꽃 피다

물긷는 소리도 못 들었는데
매실나무 마른 가지
동이 트기도 전에 꽃 공양 올렸다
심술궂은 소소리바람
오가며 툭툭 한번씩 건드린다
어린 꽃 발 헛디딜까봐
허공이 얼른 손 내밀어 안는다
꽃잎들 사륵사륵 웃는 소리에
동쪽 하늘 발갛게 열린다

제비집 요리 드실래요?

큰아이가 밥 먹자고 전화했다
무슨 일 있느냐고 물으니 어버이날이란다
밥은 됐으니 전화나 자주 하라고 했다
나는 며칠 전 마지막으로 실직했다
별 이유 없이, 잘·렸·다, 이젠
취직할 나이가 지나서 실직할 기회도 없다
실직 전이었다면 나도 아버지에게 전화드렸겠다
늘 먹던 광동식 제비집 요리나 드실래요?
물론 대답을 들은 적은 없다
아버지는 나보다 훨씬 전에 실직했다
몇 해 뒤 실직 같은 건 없는 곳으로 떠났다
자주 편지를 보내지만 수취인 불명으로 돌아온다
아들이 만나자는 곳은 삼겹살집이었다
통이 별로 크지 않으니 사표 낼 일은 없겠다
아들에게도 어버이날은 오겠지
아들이 제 아들과 앉아 짜장면 먹는 날쯤에는
세상의 모든 실직이
윤회의 굴레를 벗을까? 적멸의 문 열까?

국지성 소나기

하늘이 지상의 공책에 시를 쓰고 있다

은사시 잎마다 적힌 푸르고 둥근 낱말

나는 돌아앉아서 밤새 쓴 시를 지우고

오징어 덕장의 아침

바닷속을 거침없이 날아다니던 영혼들
날개 접고 관성 토닥거려 재운다
등 굽은 햇살이 날숨의 잔해를 염습하는 시간
세골장洗骨葬은 곡哭이 없어도 장엄하다

날개 가진 것들은 모두 허공에서 이별한다

속울음까지 모두 쏟아낸 몸뚱이
어둠 너머까지 밝힐 듯 저리 투명한 것은
발가벗어서가 아니라 욕망을 내려놓았기 때문
미움의 언어를 품지 않기 때문

비우는 건 빛보다 더욱 빛나는 일이라고
바람이 바람결에 지장경 독송한다

엄마

젖빛 감꽃 하나
톡
손 놓고 몸 던진 자리

배꼽 같은 우주
빼꼼
눈 떴다

놓아야 얻는 이치
돌감나무 아래 환해서

텅 빌수록 가득한

봄이 깊어질수록 들판의 논도 깊어진다

늦도록 짝 못 찾은 멧비둘기 목이 쉴 때쯤이면
삶아놓은 무논 하늘만큼 넓어지고
씨내리 개구리 목청만큼 식욕이 왕성해져서
마실 나온 산도 삼키고 지나는 구름도 삼키고
날아가는 새도 삼키고 전봇대도 삼키고
늙은 느티나무도 삼키고 집들도 삼키고
소쩍새 울음도 삼키고 찔레꽃 향기도 삼키고
허리 굽은 농부의 한숨도 꿀꺽 삼킨다

든든한 배에 벼를 키우고 여름을 건넌다

논은 식욕만 좋을 뿐 뭘 챙길 줄은 몰라서
바람 선선해지고 햇살 영글면
삼킨 것들을 잔뜩 부풀려서 세상에 돌려준다
신실한 농부 장리쌀 갚듯 잊는 법이 없다
지금 햅쌀밥 한 그릇에 행복해진 당신은
산과 구름, 울음과 향기를 먹는 것
모두 돌려주고 홀쭉해진 논의 한 해를 먹는 것

봄비 내리는 밤

물고기는 죽어서 강을 남기고 새는 죽어서 창공을 남긴다

바람은 죽어서 들판을 남기고 눈물은 죽어야 시를 남긴다

적막이 싹 틔운 빗소리, 넌 무얼 남길 거냐고 자꾸 묻는 밤

밥그릇뿐이라고 대답하는 순간 꽃 한 송이 툭! 봄을 남긴다

페루 해변으로 가서 죽는 새들처럼

조금 시적이고 조금 몽상적이지만…
로맹 가리의 「새들은 페루에 가서 죽다」 중에서

김정수/ 시인

"그는 난간에 팔꿈치를 괴고 그날의 첫 담배를 피우면서 모래 위에 떨어져 있는 새들을 바라보았다. 개중에는 아직 살아서 파득거리는 것들도 있었다. 새들은 왜 먼바다의 섬들을 떠나 리마에서 북쪽으로 십 킬로미터나 떨어져 있는 이 해변에 와서 죽는지 아무도 그에게 설명해주지 못했다." 로맹 가리의 단편소설 「새들은 페루에 가서 죽다」(『새들은 페루에 가서 죽다』, 문학동네, 2007)에서 주인공 자크 레니에가 본 이른 아침 풍경입니다.

스페인 내전, 제2차 세계대전 당시 프랑스 레지스탕스, 쿠바혁명에서 살아남은 자크 레니에는 안데스산맥 발치쯤 되는 페루 리마 부근의 외딴 해변에 정착합니다. 전장에서 수많은 죽음을 목도한 그는 잔혹한 사람들과 문명을 피해 살고 있습니다. 모든 것이 종말을 고한 듯한 세상 끝에 선 그의 나이는 마흔일곱. 로맹 가리는 마흔일곱을 알아야 할 것은 모두 알아버린, 고매한 명분이나 여자에 대하여 더 이상 기대하지 않는 나이라고 규정합니다. 세상에서 경험할 만한 것은 다 경험한 자크 레니에는 성지와 같은 해변에서 세상에 대한 기대나 희망, 명예욕도 없이 하루하루를 살아 갑니다. 세상과의 격리를 통해 마음의 안정을 찾고자 한 허무주의자이자 초월주의자입니다.

이런 그의 눈에도 조분석鳥糞石 섬을 떠난 새들이 그가 사는 해변에 와서 죽는 이유를 알 수 없습니다. 조분석이라는 말에선 '세상은 똥'이라는 뉘앙스를 풍깁니다. 죽음의 현장을 떠났는데, 또 다른 죽음의 현장에 온 셈이지요. 로맹 가리는 이런 현상을 과학이나 시적으로 설명하거나 자연과 대화를 통해 풀어볼 수 있다고 합니다.

로맹 가리의 「새들은 페루에 가서 죽다」에 주목한 이유는 이호준 시인의 두 번째 시집 『사는 거, 그깟』의 「나는 날마다 유언을 쓴다」라는 시에 "내가 페루 해변으로 간 새처럼 못 돌아오면"이라는 구절이나 「카리브횟집의 저녁」, 「쿠바에서 꾸는 꿈」 같은 시 때문은 아닙니다. 「새를 묻다」, 「큰 기러기 가족이 떠나던 날」, 「목이 긴 새들의 겨울나기」, 「히말라야를 넘는 새들」, 「새들의 러시안룰렛」, 「꽃은 새가 물어온다」, 「제비집 요리 드실래요?」와 같은 시 제목이나 시의 행간에 페루 해변에 와서 죽는 새만큼이나 많은 새가 등장해서도 아닙니다. 여러 전장에서 수많은 전투를 치르고도 살아남아 세상의 끝으로 피한 자크 레니에처럼 치열한 삶의 현장에서 기자로, 세계 곳곳을 떠돈 여행작가로, 삶의 애환을 따스한 감성으로 녹인 에세이스트로 살다가 휴전선

근처 경기도 파주에 정착한 동질성 때문만도 아닙니다. 소설과 시편들이 묘하게 닮아서도 아닙니다. 고독한, 감성 충만한 시인으로 살아가는 이호준이라는 한 개인에 주목해서도 아닙니다. 그것은 카페 앞 좁은 해변까지 날아와 새들이 죽는 이유를 제대로 설명 못하는 것과 조금 닮았습니다.

로맹 가리는 "조금 시적이긴 하지만… 영혼이 존재하지 않"아야 과학에 당하지 않는다고 단언합니다. "머잖아 학자들은 영혼의 정확한 부피와 밀도와 비상 속도를 계산해 낼 것"이라 합니다. 시인은 시「새를 묻다」에서 죽은 새를 묻으며 "21그램이 빠져나간 뒤의 고요만 완고했다"고 합니다. 영혼의 무게가 21그램이라는 건 1907년 미국 매사추세츠병원 의사 던컨 맥두걸이 발표한 논문에 실린 수치입니다. 결핵환자가 숨을 거두는 순간 특별히 개조한 침대 아래쪽의 저울로 몸무게 차이를 확인했는데, 환자 6명이 숨을 거두는 순간 갑자기 몸무게가 21그램이 줄어들었다는 데 근거합니다.

로맹 가리가 태어나기 10년 전,「새들은 페루에 가서 죽다」로 미국에서 최우수 단편상을 수상(1962년)하기 55년 전 일입니다. 로맹 가리가 이 논문을 읽었을 수도, 읽지 않았을 수도 있습니다. 로맹 가리는 영혼의 비상 속도까지 계산할 것이라 했습니다. 그는 허공을 비상飛翔하던 새들이 지상에 닿으면 영혼은 하늘로 비상飛上한다는 생각입니다. 그렇다면 "부드럽고 따뜻한 모래가 있는" 리마의 해변은 "믿는 이들이 영혼을 반납하러 간다는 인도의 성지 바라나

시 같은 곳"입니다. 영혼의 비상 속도는 아직 규명되지 않았습니다.

강가를 걷다 땅에 누운 새 한 마리 보았다
누구를 찾아가던 길이었을까
아찔했을 추락의 기억은 지워졌지만
날개에는 방향과 속도가 작전지도처럼 선명했다
말할 수 없는 것들이 남긴 말은
말보다 눈물에 가깝다
신은 여전히 자신을 절대 공정이라고 믿는 걸까
새에게 떠 안긴 주검 어디에도
생을 거둔 이유 같은 건 적혀 있지 않아서
21그램이 빠져나간 뒤의 고요만 완고했다
강물이 보이는 언덕에 새를 묻었다
존재와 부재는 한번의 삽질로 경계를 지웠다
봉분 대신 흰제비꽃 한 송이 심고
다시 오라고 축원했다 신의 속내를 눈치챈 새는
다시는 슬프지 않을 것 같았다
기도를 버린 자만 진정한 자유를 얻는 법
새를 묻는 건 나를 묻는 일과 다르지 않아서
새로 생긴 무덤 앞을 오래 서성거렸다

ㅡ「새를 묻다」전문

인용시 「새를 묻다」에서 시인은 하늘로 비상하는 새의 '영혼의 속도' 대신 "방향과 속도"를 읽어냅니다. 날개에 새겨져 있는 방향과 속도는 "추락의 기억" 이전의 것으로, 새가 죽는 순간에 목적은 까맣게 사라집니다. 첫 시집『티그리스강에는 샤가 산다』(천년의시작, 2018)의 여는 시 「역마살」에서 "못 말리는 역마살"이라 고백한 것처럼, 여행전문가인 시인은 많은 시간을 길 위에서 보냅니다. "강가를 걷다 땅에 누"워 죽은 새 한 마리에서 자신의 모습을 투영하는 건 당연합니다. 연민은 투영 그 다음에 밀려오는 감정이라기보다 시인의 천성에 가깝습니다.

시인은 새의 죽음을 "누구를 찾아가던 길", 즉 무언가 목적을 가지고 둥지를 나섰다가 추락한 삶으로 인식합니다. 천명을 다한 것이 아니라 급사한, "말할 수 없는" 사연을 찾아 읽으려 합니다. 그 이유는 "벽난로가 있는 창보다 쪽방촌 희미한 창을 먼저 찾아가"('시인의 말')듯, 이번 시집은 힘없고 가난한 사람들에 대한 연민으로 가득 차 있기 때문입니다. 「열일곱, 서울역에 잠들다」의 서울역 대합실에서 잠든 소년, 「군부대가 있던 자리」의 부대매운탕집 노파, 「인력시장의 아침」의 병색 짙은 사내, 「노숙인의 봄」의 지하도 공중전화기 앞의 사내, 「히말라야를 넘는 새들」의 가족을 데리고 서울을 떠난 J 등이 그러하지요.

"주검 어디에도" 새가 "생을 거둔 이유 같은 건 적혀 있지 않"습니다. 시인은 "강물이 보이는 언덕에 새"를 묻어주었는데, 밤마다 리마의 외딴 해변에 날아와 죽은 새들은 어찌했을까요. 묻어준 것 같지는 않습니다. 그대로 방치했다면 얼마 안 가 모래사장은 새들의 사체로 가득 차겠지요. 더러는 포식자의 먹이가 되었을 거고요. 코끼리는 죽을 때가 되면 신성한 무덤으로 이동합니다. 해변은 새들의 무덤이라 하기엔 너무 탁 트인 공간입니다. 하지만 눈에 보이는 것이 다는 아닐 것입니다. "새들은 진짜 비상을 위해 이곳으로 와서 자신들의 몸뚱이를 던져버리"고, "영혼을 반환"하는 것일 수 있습니다. "바다란 소란스러우면서도 고요한 살아 있는 형이상학"이라 했습니다.

데카르트가 말한 것처럼, 생명이 있는 것들의 물질영역과 정신영역은 서로 독립되어 있을까요. 자크 레니에는 새들이 죽는 이유나 영혼에 관심을 가지면서도 새들의 사체에는 무관심으로 일관합니다. 반면에 죽은 새를 묻어준 시인은 "존재와 부재", 생生과 사死의 경계에 관심을 집중합니다. 생이 존재라면, 사는 부재입니다. 시인은 여기서 한 걸음 더 나아가 "봉분 대신 흰제비꽃 한 송이 심고/ 다시 오라고 축원"하지요. 죽음 위에 생명을 얻어 그 힘으로 '환생'하라고 축원하는 의식입니다. 그리 보면 영혼은 존재이고, 육체는 부재입니다. 환생할 수 있는 영혼은 존재이고, 그럴 수 없는 영혼은 부재입니다.

시인은 자신과 새를 동일시합니다. 언젠가 자신도 새처럼 객사할지 모른다는 막연한 불안감을 가지고 있는 듯합니다. 죽은 새를 묻어주는 행위는 누군가 자신에게도 그리 해줬으면 하는, 그리하여 슬퍼하지 않는 '기도'와 다름없습니다. '진정한 꾼'이라면 등산가는 산을, 여행가는 길을 죽음의 처處가 되길 원할 것입니다. 그것이 진정한 자유이니까요. "새를 묻는 건 나를 묻는 일과 다르지 않"다는 시인의 진술이 이를 증명하지요. 그런 일에 대비해 시인은 "새벽부터 유언을 썼다"고 고백합니다. "기도를 버린 자"를 언급했지만, 하루하루가 절박한 기도입니다.

새벽부터 유언을 썼다

그림자보다 먼저 집 나서서 들길을 한참 걸었고
오는 길에 편의점 들러 우유와 맥주를 샀다
집에 와서 조금 오래 씻은 뒤
얇게 썬 늙은 오이 살짝 절여 초장에 무치고
어제 얻어온 배추 넣어 된장국 끓였다
아침 먹은 뒤 볶은 원두 곱게 갈아 밀봉해두었다

오늘도 유언이 꽤 길 것 같다

내가 페루 해변으로 간 새*처럼 못 돌아오면
흐트러진 이불은 악몽에 몸부림친 새벽을 증언하겠지
흙 묻은 신발은 갈림길 앞의 망설임을 전하고
젖은 수건은 만조滿潮의 절망을 열변하겠다

냉장고를 열면 온갖 유언으로 어지럽겠지
남은 우유는 숲으로 망명하고 싶었던 속내를 떠들고
맥주캔은 오지 않은 시를 투덜대겠다

배추된장국은 내 아이들을 사랑했다고 자백하고
노각무침은 어머니를 그리워했다고 토설할 테지

조금 많이 갈아놓은 헤이즐넛 커피는
끝내 향기롭고 싶었던 욕망을 차마 감추지 못하고
읽다가 귀접어 둔 시집 82쪽은
늦은 밤 꾹꾹 눌러 삼키던 눈물을 털어놓겠지

나는 날마다 감동적인 유언 한 줄 쓰기를 꿈꾸지만
문장은 갈수록 창호지 문처럼 축축해지고
지난 유언장 뒤져 함부로 뱉은 다짐 지우고 싶고

　　　　　　　　　　　　　　　 ―「나는 날마다 유언을 쓴다」 전문

　　로맹 가리의 「새들은 페루에 가서 죽다」는 "그는 테라스
로 나와 다시 고독에 잠겼다"로 시작합니다. "때때로 고독
이, 고약한 고독이 아침이면" 엄습하고, 고독은 "사람을 숨
쉬게 해주기보다는 짓눌러"버린다고 합니다. 새벽에 일어
나 유언을 하는 시인의 심정이 이러할까요. 이번 시집은 외
롭고 쓸쓸한 정조情操를 시종일관 유지하지만, 직접적으로
'외롭다'나 '고독'이라는 말을 하지는 않습니다. 단 한 단어
도 나오지 않습니다. 진정으로 사랑하는 사람에겐 '사랑한
다'는 말을 하지 못하는 것과 같은 이치일 것입니다.
　　인용시에서 시인의 유언은 '혼자의 삶'에 닿아 있습니다.
시인이 강가를 걷다가 죽은 새를 보듯, 죽으면 그렇게 누군

가에게 발견될 수 있기 때문입니다. 죽는 순간, 집이라는 공간도 호흡을 멈춥니다. 멈춤의 공간에 먼지의 시간이 쌓이고, 생명이 있는 것들은 차츰 생기를 잃어갑니다. 시간이 흐를수록 고독의 흔적은 짙어지겠지요. 시간은 언제든 어긋날 수 있습니다. 시인은 어긋나는 시간보다, 이유를 알 수 없으나, "공존이 불가능하거나 생과 사의 공간을 함께 쓸 수 없는 것들"(「불통시대의 대화법」)로 인해 외딴곳에서 혼자의 삶을 고집합니다. 세상을 떠돈 오랜 습성이거나 그 후유증일 수도 있습니다만, 다시 말하면 천성일 수도 있겠지요.

새벽에 쓰는 유언은 하루치 양식의 다른 말입니다. "우유와 맥주", 오이무침, 된장국 그리고 "곱게 갈아 밀봉"한 원두는 존재의 확인입니다. 그곳엔 넘치는 소유나 깊은 우울, 과대한 서정 대신 정량의 만족과 행복이 자리하고 있습니다. 욕심부리지 않는, 자족의 삶은 사물의 의인화와 사물과의 대화를 촉진하지만, 역설적이게도 상상력의 폭을 제어하는 기저로 작용하는 결과를 낳습니다. 아니 집과 집 부근의 협소한 공간과 행동반경을 축소한 영향일지도 모릅니다. 산책 후 씻는 행위는 일상의 루틴이지만, "조금 오래" 씻는 행위는 유언과 밀접하게 연결되어 있습니다. 사후 발견될 시 깨끗하지 않음의 부끄러움과 염결성, 남겨진 사람들에 대한 배려에서 비롯된 행동의 언어입니다.

"페루 해변으로 간 새처럼 못 돌아오면" 집의 사물은 그대로 유언이 됩니다. 더 정확히 말하면 죽음의 원인을 밝히는 증거가 됩니다. 죽음으로 멈춘 공간에 들어선 시선으로 죽음 이전, 삶의 동선을 밝히려 한다는 생각(상상)이 이 시의 착안과 움직임을 추동합니다. 삶에 대한 욕구나 본능은 철저히 억제되고, 남아 있는 사물의 인과관계에 집중됩니다. "흐트러진 이불"과 "흙 묻은 신발", "젖은 수건"은 새벽의 악몽과 갈림길의 망설임, 절망의 흔적이 됩니다. 즉 불안과 고뇌로 매일 악몽에 시달린 나날과 가지 않은 길에 대한 후회, 집안에 처박혀 우울하게 보낸 증거로 수집됩니다. "냉장고를 열면" 증거는 차고 넘칩니다. "남은 우유", "맥주캔", "배추된장국", "노각무침", "헤이즐넛 커피", "읽다가 귀접어 둔 시집"은 속내와 자백, 행위를 대변하는 증거로 작용합니다. 유언을 쓰듯 하루하루 살아가는 시인의 삶은 "늦은 밤 꾹꾹 눌러 삼키던 눈물"의 기록입니다.

전화기 이쪽, 뼈까지 시린 남자가
전화기 저쪽에서 눈처럼 어둠 적시는 여자에게
집을 팔자고 말한다
30년 일해서 유일하게 남은 재산이라고
너와 내가 이생에 세운 단 하나의 깃발이라고
집이란 말도 못 꺼내게 하던 남자가
집을 팔아치우자고 사랑 고백하듯 속삭인다
살얼음 위를 뒤꿈치 들고 걷는 것도 못할 짓이라고
쫓겨서 가지 말고 웃으며 떠나자고
눈송이처럼 가벼워진 목소리로 말한다

―「어느 성탄 전야」 부분

이십 년 살던 집 파는 서류에 도장 찍고 오는 길
아이들 다니던 학교 담장 밑에 산국 곱다
돌부리에 걸린 척, 내 집을 돌아본다
작년에 절집 불목하니도 그만뒀으니 집도 절도 없다,

—「사는 거, 그깟」 부분

「새들은 페루에 가서 죽다」에는 생의 마지막 순간에 밀려
오는 물결을 "아홉 번째 파도"라 칭합니다. "먼바다에서 다
가오는 강렬하기 짝이 없는" 그 파도에 휩쓸리면 죽음뿐입
니다. "그 누구도 극복할 수 없는 단 한 가지 유혹이 있다면
그것은 희망의 유혹"이라고도 합니다. "집을 팔자"는 말에
선 "아홉 번째 파도"만큼의, 아니 그 이상의 절박성이 묻어
납니다. 20년을 산 집은 "30년 일해서 유일하게 남은" 최후
의 보루입니다. 그런 집을 팔자고 하는 이유는 언제 깨질지
모르는 "살얼음 위를 뒤꿈치 들고" 조심조심 걸어야 하는
경제적 여건 때문입니다. 좀 더 구체적으로, "여기저기" 남
은 빚 탓입니다. 한데 하필 그런 전화를 성탄 전야에 합니
다. 절망의 순간에 구세주의 음성 대신 "가벼운 목소리"로
전하는 희망의 유혹입니다. "아끼던 농담까지 늘어놓"고서
야 설득에 성공합니다. 빚을 갚고, "아이들에게 조금씩 떼
어주"고, "얼마간 남"은 것으로 각자의 거처를 마련한다는
복안입니다.

마침내 "살던 집 파는 서류에 도장을 찍"습니다. "이생에
세운 단 하나의 깃발" 같은 집을 팔아 빚을 갚고 남은 돈을

가족이 나눠 가지는 것이, 죽음 직전의 젊은 여성을 구한 자크 레니에가 말한 "황혼의 순간 문득 다가와 모든 것을 환하게 밝혀줄 그런 행복의 가능성"일까요. 아니면 "대책 없는 어리석음"일까요. 시적 상황으로 봐서, 가족은 이미 뿔뿔이 흩어져 살고 있으므로 "어둠을 적시는 여자", 즉 아내의 거처만 새로 마련하면 될 듯합니다. 시인은 살던 집을 판 미안함과 슬픔을 타자화하지 않고 고스란히 자기화하여 끌어안습니다. 내면 깊숙이 고인 고뇌와 슬픔은 사물, 즉 "아이들이 다니던 학교 담장 밑의 산국"에 서정적 자아를 스미게 함으로써 시선을 다른 곳으로 돌리는 효과를 발휘합니다.

딴청과 능청, '~척'은 무안한 상황이나 슬픔을 감출 때 흔히 사용하는 시적 수사입니다. "산국 곱다"나 이제는 "집도 절도 없다", "돌부리에 걸린 척"하는 것 말입니다. 산국은 돌보는 이 없어도, 집 없이도 활짝 꽃을 피웁니다. 공수래공수거시인생空手來空手去是人生, 빈손으로 왔다가 빈손으로 가는 게 인생이지요. 시인은 "맹물로 허공에 그린 그림"이 삶이라 합니다. 새들이 날아간 흔적이 남지 않듯, 허공에 그린 그림 또한 남아 있을 턱이 없습니다. 더군다나 그 재료가 맹물이라면 그대로 비처럼 지상으로 떨어졌을 것입니다. "열 켤레 넘는 구두굽이 바깥쪽만 닳아 없어"지도록 걸어온 유랑의 길은 "한 뼘도 안" 되는 거리에 불과합니다. 의외로 인생은 짧지요. 소유에 초월한 시인은 몸의 기억을 우려합니다. "취한 몸"으로 옛집으로 가는 버스를 타거나 그

집 현관문 "비밀번호를 누를지" 모른다는.

> 과거를 사는 친구가 많다 보니 골치 아프다
> 낯선 나라에서 혁명을 꿈꾸는 건 더욱 고단한 일이다
> 나는 언제나 이 꿈에서 깨어 돌아갈 수 있을까
>
> ─「쿠바에서 꾸는 꿈」부분

시인은 첫 시집에서 튀르키예(터키)의 하산케이프 티그리스강(「티그리스강에는 샤가 산다」, 「티그리스강의 눈먼 양」), 스웨덴의 카루나~칼릭스(「인연설화」)와 어느 산속 오두막(「오두막의 그 여자」), 러시아의 모스크바 붉은광장(「레닌, 여행을 꿈꾸다」)과 시베리아 횡단열차(「라라를 만나던 오후」), 체코의 부다페스트 영웅광장(「부다페스트의 낮달」) 등 국경 밖 여행 경험을 돌올한 솜씨로 시화詩化했습니다. 하지만 이번 시집에서 시인의 행동반경은 급격히 좁아듭니다. "취직할 나이가 지나서 실직할 기회도 없"(「제비집 요리 드실래요?」)다는 사실과 살던 집을 팔아만 했던 일과 무관하지 않을 것입니다.

인용시는 쿠바 여행 경험을 "과거를 사는 친구"들, 즉 호세 마르티, 체 게바라, 피델 카스트로, 헤밍웨이 등 "유력 인사들이 내 동선을 실시간으로 파악"해 만나는 꿈을 꿨다고 능청스럽게 말합니다. "낯선 나라에서 혁명을 꿈꾸는 건 더욱 고단한 일"이라는 표현은 자크 레니에의 마지막 임무를 떠올리게 합니다. 그의 "마지막 임무는 시에라 마드레 산에

서 카스트로와 함께"였는데, "자신의 임무를 다했다"고 자신합니다. "조금 시적으로 해석"하면, "고상한 영혼 하나가 이상주의에 헌신함으로써 같은 기간 동안 한 나라의 경찰을 먹여살릴 수 있는 법"이라 합니다. 누구를 위한 혁명이었을까요.

마지막 임무를 다한 자신감에는 냉소가 숨어 있습니다. 혁명 후 영혼조차 폐허가 된 "인간이 자신의 피에 맞서 무엇을 할 수 있"을까요. 누구를 위한 여행이고, 또 누구를 위해 시를 쓰는 것일까요. "떠돌다 떠돌다 세상의 끝에 틀어박힌 남자"(「남편 새끼, 나쁜 새끼」)의 고민이면서 시의 발화 지점입니다.

나는 아버지처럼 살고 싶지 않았다 어느 날 자목련 나무들을 떠나 세상의 변방을 떠돌았다 어느 해는 아버지보다 나이가 많아졌고 어느덧 밭은기침에 능숙해졌다 먼 길 다녀온 연어 떼를 따라 자목련 숲으로 돌아왔지만 내 밭은기침으로는 꽃의 문을 열 수 없었다 주름의 깊이만큼 시름이 깊어졌다 올해도 4월이 오고 자목련 봉오리 봄풀처럼 부풀었다 아비가 풍기는 술냄새를 끔찍하게 싫어하던 자식들이 술집을 순례하는 동안 아비처럼 살고 싶지 않은 아들이 자목련 앞을 서성이며 밭은기침을 파종한다

— 「유전遺傳」 부분

아버지는 그쪽에 가서도 이방인이다
이쪽에서는 정착민 속을 유목하느라 경계를 오가더니

그쪽에서는 이쪽에 눈을 떼지 못한다
나이 들수록 난, 아버지 기척을 자주 느낀다

수척하고 긴 그림자가 골목 안까지 따라올 때
목이 타는 것 같은 기침으로 자지러질 때
뒹구는 자목련 꽃잎에 눈길이 오래 머물 때
언덕에 서서 시선 멀리 두고 바람의 방향 어림할 때
문득 낯설어진 내게서 아버지를 본다

아버지는, 당신의 아버지에게 가장 서운했던 게
궁금한 걸 물어볼 수 없을 때였다고 고백한 적이 있다
아버지의 아버지는 평생 세상을 떠돌았다
자주 북선에서 잠들었고 만주벌판에서 눈 떴다
아버지는 아버지가 없는 것과 같아서
삶이 수시로 던지는 질문을 스스로 대답하며 자랐다

어른이 돼서는 당신의 아버지처럼 떠돌았다

아버지가 이쪽을 맴도는 건 나 때문이다
자신이 산 날보다 더 사는 아들이 낯설기 때문이다
자신보다 더 멀리 떠도는 게 안타깝기 때문이다
아들이 무언가 물어보기를 기다리는 것이다

지하철 순환선을 한 바퀴 돌았다는 걸 뒤늦게 안 내가
저, 이번 역에 내려도 될까요?

묻기 기다리며 거기 서성이는 것이다, 아버지는

이쪽에도 저쪽에도 자신을 놓지 못하는 것이다
—「저, 이번 역에 내려도 될까요?」 전문

　시인에게 '떠돎'은 유전이자 숙명입니다. 유랑을 멈추는
건 더 이상 시를 쓰지 않겠다는 선언인 동시에 죽음에 이
르는 길과 다르지 않습니다. 페루 리마 인근 해변에 날아
와 죽는 새들이나 세상의 끝에 정착한 자크 레니에와 무에
다르겠습니까. "아버지처럼 살고 싶지 않"아 "세상의 변방
을 떠돌았다"고 시인은 고백하지만, 여간해선 가족사를 풀
어놓지 않습니다. 풀어놓다가는 금방 이야기보따리를 묶
어버립니다. 「유전遺傳」에서도 "아비가 풍기는 술냄새"를
세상을 떠돈 근거로 제시하지만, 인과관계가 명확지 않습
니다. "아버지보다 나이가 많아"지고 나서야 아버지를 이
해할 수 있었다는 건 유랑의 근거라기보다 회한과 그리움
의 방식입니다.
　아버지를 호명하는 빈도가 첫 시집에 비해 상당히 높아
졌습니다. 첫 시집에서는 「지상에도 아버지가 있었네」와
「봄 성묘」 두 편에 불과하지만, 이번 시집에서는 인용한 두
편 외에도 「인력시장의 아침」, 「이팝나무 아래서」, 「제비집
요리 드실래요?」 세 편이나 됩니다. 아버지뿐 아니라 "아버
지의 아버지"도 등장합니다. 「유전遺傳」에서 아쉬웠던 시적
진술도 「저, 이번 역에 내려도 될까요?」에 와서는 좀 더 세

세하고 구체적입니다. 시인의 유랑은 "아버지의 아버지는 평생 세상을 떠돌았"고, "아버지는 아버지가 없는 것과 같아" "정착민 속을 유목"해야 했기 때문이라 합니다. 가족을 돌보지 않은 아버지(할아버지) 때문에 아버지는 가족을 돌보면서 답답함을 술로 풀었을 것입니다. 시인의 유랑은 할아버지, 아니 할아버지의 할아버지에게 물려받은 유전인자입니다.

석가세존 앞에 한 여자 엎드려 있었습니다
어깨 가득 울음을 매달고 있었습니다
전생 어느 아득한 곳을 울고 있는 것 같았습니다
어느 생에 박힌 옹이가 그리 서러워서
생솔 태우는 노파의 젖은 눈 같은 체읍涕泣
끝없이 흘러내리는 청동빛 시간이
뺨을 적시고 무릎 지나 바닥에 흥건했습니다
번개가 가끔 먹장구름을 반으로 갈랐지만
푸른 하늘은 아주 실종된 것 같았습니다

—「드문 겨울」부분

"자신이 산 날보다 더 사는 아들"은 슬퍼도 울지 않습니다. "속으로라도 그립다는 말은 하지 않"(「당신을 보내고 난 뒤」)습니다. "체읍涕泣"이라 했지만, 애이불비哀而不悲라 할 수 있습니다. 소리를 내지 않고 눈물을 흘리며 슬피 울기보다, 슬프기는 하지만 겉으로 슬픔을 드러내지 않습니다. 늘 그렇기야 하겠습니까. 사람인지라, 시인인지라 가끔은 홀로 술 한잔하면서 눈물도 흘리겠지요. "사는 게 통증이 된 뒤로는 밥보다 술이 좋았"(「이팝나무 아래서」)고, "저무는 생 술잔에 구겨넣고 있다"(「남편 새끼, 나쁜 새끼」)고 했으니까요.

> 길에 끈 하나가 떨어져 있길래 나는
> 주워들고 왔을 뿐이라고요
> 소가 따라오는 걸 어떻게 알겠어요
> 박동삼이네 보리밭이 소를 따라온 건
> 더더욱 알 바 아니고요
> 주인 찾아주려고 외양간에 잠깐 넣어둔 소가
> 쌘비구름 되새김질하는 바람에
> 때아닌 우박이 쏟아진 불상사야말로
> 사고친 소가 해명할 일 아닌가요?
>
> 소가 저 매어둔 고삐를 물끄러미 본다
>
> ―「연기緣起」 전문

모든 현상은 원인인 인因과 조건인 연緣이 상호 관계해 성립합니다. 인연이 없으면 결과도 없겠지요. 시인이 한때 "절집 불목하니"(「사는 거, 그깟」)로 있었던 것도, 그를 계기로 불교적 색채가 물씬 풍기는 오롯한 몇 편을 쓴 것도 다 연기緣起입니다. 산책하다가 "눈 들어보니 세상이 온통 경전"(이하「굴참경을 읽다」)이고, "어느덧 돌아와 곁에 서는/ 그녀 또한 아내경이란 이름의 경전"입니다. 이뿐 아니라 "법성포에 갔더니 통째로 만불전"(이하「조기 말리는 풍경」)이고, 조기는 "입 벌린 부처 입 다문 부처"입니다. 이쯤되면 한때 불목하니의 눈에 보이는 것은 다 부처님인 셈이지요.

「연기緣起」에도 해학과 능청이 꿈틀댑니다. 길을 걷다가 소를 끌고 왔으면서 "길에 끈 하나가 떨어져 있길래" 주워왔을 뿐이라고 슬쩍 능칩니다. 이뿐 아니라 "소를 따라" "박동삼이네 보리밭"이 따라왔는데, 내 "알 바 아니"라고 되레 큰소리입니다. 이런 능청을 들여다보면, 금방이라도 우박이 내릴 듯한 날씨에 박동삼네 보리밭을 뜯어먹고 있던 소를 주인 찾아주려고 잠시 데리고 왔다는 것을 알 수 있습니다.

이 시는 〈심우도尋牛圖〉를 떠올리게 합니다. "소가 저 매어둔 고삐를 물끄러미 본다"는 4단계 '득우得牛'쯤 될 것입니다. 소를 발견하고, 집으로 데려왔으니 이제 길들이는 일만 남았습니다. 소는 힘이 세고 마음이 강해 다스리기 참 어렵습니다. 다 하기에 달려 있겠지요.

감씨의 배를 반으로 가르는 순간
불쑥 얼굴 내미는 잘 만든 수저 하나
긴 감의 씨는 긴 수저를 품고
둥근 감의 씨는 둥근 수저를 품는다
좀 뜬금없어 보이는 이 수저는

젖빛 감꽃이 감을 잉태하던 봄날부터

꼼꼼하게 준비했을 것이다

어느 노인 홍시로 헛헛한 속 달랠 때

흘리지 말고 떠먹으라고

씨마다 잊지 않고 챙겼을 것이다

—「배려」 전문

사실 시 쓰는 행위도 이와 다를 게 없을 것입니다. 시상
이 떠오르지 않아 헤매다가, 문득 소 발자국을 발견하듯 떠
오르고, 마침내 소를 만나는…. "감의 씨"가 소 발자국이라
면, "감씨의 배를 반으로 가르는 순간" 발견한 "수저 하나"
는 소가 되겠지요. 소를 잡고得牛 그 소를 길들이는牧牛 법
이 다 다르듯, 감의 씨가 품고 있는 수저의 생김새도 다를
것입니다. 시인은 소를 찾아나서는 일처럼 "감꽃이 감을 잉
태하던 봄날부터" 감의 씨 속에 수저를 "꼼꼼하게 준비했을
것"이라 합니다. 자연의 배려입니다. "홍시로 헛헛한 속"을
달래는 어느 노인에 대한 언급은 시인의 배려입니다. 이처
럼 이호준의 시에는 따스한 배려가 곳곳에 스며 있습니다.

두 번째 시집 『사는 거, 그깟』은 시적 방법론에서 첫 시집
의 연장선에 있습니다. 정한용 시인이 첫 시집 해설에서 언
급한 "시적 자아를 점진적으로 대상에 투사시키는 기법" 말
입니다. 시인은 대상과 자아의 상호 스밈과 투사, 전환을 입
체적으로 구사하면서 대상과 내밀하게 조응합니다. 시인의

의도겠지만, 시집의 구성도 닮았습니다. 세상을 떠돌던 시인이 모처럼 집에 돌아와 그리운 온갖 것을 햇볕에 널어놓고는 "엄마 냄새"(이하 「모처럼 집에 돌아와」)를 맡습니다. "등걸잠 속에 유년이 뜰을 널어놓고" 잠든 척합니다. 어느새 "뒤따라온 고요가 팔베개하고 곁에"(「시詩」) 슬그머니 눕겠지요. 그러다가 "하늘이 지상의 공책에 시를 쓰"(「국지성 소나기」)면, 후다닥 일어나 널어놓은 걸 거두어들일 것입니다.

비가 그칠 때까지 시를 썼다가 지우겠지요. 그게 요즘 시인의 삶의 방식입니다. 페루 리마 해변은 새들의 무덤이자, 영혼의 안식처입니다. 조금 몽상적이지만… 이호준의 시가 힘든 현대인의 삶의 피난처, 더 힘든 영혼의 안식처가 되고 싶은 것은 아닐까요. 다 이유가 있겠지요.

현대시세계 시인선 **159**

사는 것, 그깟

지은이_ 이호준
펴낸이_ 조현석
기　획_ 김정수, 우대식
펴낸곳_ 북인
디자인_ 푸른영토

1판 1쇄_ 2024년 02월 04일
출판등록번호_ 313 - 2004 - 000111
주소_ 121 - 842 서울 마포구 서교동 460 - 34, 501호
전화_ 02 - 323 - 7767
팩스_ 02 - 323 - 7845

ISBN 979-11-6512-159-4　03810
ⓒ 이호준, 2024